LA MULE DE VINCI

ISBN : 979-10-699-9015-9

LA MULE DE VINCI

LA MULE DE VINCI

Conception Graphique de la Couverture

MALDERA

Michel Maldera

https://michelmaldera.blogspot.com

LA MULE DE VINCI

Sylvain BOVE

LA MULE DE VINCI

Roman

LA MULE DE VINCI

A mes enfants,

Mathilde

et

Hugo

LA MULE DE VINCI

Mathilda, radiologue

Paris le 01 juillet 2018 06h00, une nappe de soleil s'étirait sur les toits de la capitale, révélant de sa douce lumière, les couleurs confisquées par la nuit à son tour dépouillée. Le quartier encore calme, un calme avant la tempête, comme l'étrange silence avant une furieuse bataille. Il se préparait à affronter l'énorme flot quotidien et continu de véhicules bruyants, suffocants, odorants. Pour l'instant, seules quelques voitures glissaient sur le macadam encore frais, certainement des travailleurs de la nuit, ou des fêtards fredonnant « Il est 5 heures, Paris s'éveille »

Le chat étendit ses pattes sur le bout du lit dans un étirement sans fin, avant de se consacrer à sa toilette matinale. Son poil soyeux tirait sur le blanc avec par-ci par-là, quelques taches marron et noires. Il interrompit ses ablutions félines, au moment où la sonnerie du réveil retentit. Aux aguets, il attendit que sa maîtresse entrouvrit un œil, puis un second, pour bondir sur l'oreiller, et se frotter à son visage lui chatouillant au passage les narines, et enclencha aussitôt la mécanique à ronrons.

- Arrête Chipie, tu me saoules, pas tous les matins....laisse-moi me rendormir, ce n'est pas l'heure.

Maugréa Mathilda en se recouvrant de son oreiller tout en s'acharnant sur la touche du cruel réveil. La chatte continua de plus belle sa séance de diesel au ralenti, se lovant encore plus autour de son visage, malgré les mouvements désespérés de mise à l'écart de sa maîtresse. La féline câline eut finalement gain de cause quand Mathilda la saisit dans ses bras, pour lui prodiguer d'amples et savantes caresses, jusqu'à la seconde et fatale sonnerie du réveil, imposant le terme de ce moment si particulier.

La jeune femme finit de s'extirper de son grand lit, suivi de sa partenaire de jeu du matin. Elles se dirigèrent toutes les deux dans la cuisine, l'une pour boire un grand verre d'eau accompagné d'un fond de citron fraichement sorti du frigo et l'autre pour laper le fond de sa gamelle.

Mathilda, qui avait fraichement fêté ses trente ans, et dont la longue chevelure brune s'écoulait avec grâce sur ses épaules dorées, ne mesurait, à sa grande déception, qu'un peu moins d'un mètre soixante-dix. Dotée d'une silhouette très harmonieuse, elle rêvait depuis sa plus tendre enfance de se présenter à l'élection de Miss France. Fan invétérée de ce concours de beauté, elle suivait tous les articles et reportages consacrés aux candidates ou aux lauréates, sur les réseaux sociaux, les forums, ou les émissions de télévision. Résidant en région grenobloise, elle assistait à chaque élection de Miss Isère, espérant côtoyer les membres du comité ou la miss France victorieuse de l'année en cours.

Ce concours local se déroulait chaque mois de Janvier dans des petites communes de l'agglomération. Une manifestation qui fournissait à ses parents une idée de cadeau qui la ferait immanquablement bondir de joie. Ils imaginaient déjà son visage réjoui à l'ouverture des paquets, en découvrant plusieurs places en VIP pour elle, sa mère et ses deux grands-mères, Christiane et Nunziata.

Elle revenait de ces séances annuelles, des rêves pleins les yeux, et des photos inoubliables où on la voyait posant aux côtés de nombreuses reines de beauté, comme la miss départementale fraichement élue, ou une Miss France, ou même, souvenir immarcescible, Miss Univers l'année de célébration de Iris Mittenaere.

Le problème de la taille de Mathilda fut toujours le sujet qui fâchait. A l'aide d'un mètre de couturière, elle s'était mesurée un nombre incalculable de fois, dans l'espoir d'atteindre la fameuse limite d'un mètre soixante-dix, seuil minimal pour être éligible au concours de Miss France. Cette obsession la poussait même à préférer se mesurer le matin car le soir le corps se tasserait un peu d'après les différents blogs ou tutos qui traitent de méthodes pour glaner des centimètres.

Mathilda habitait un joli appartement dans le Seizième arrondissement de Paris, non loin de Boulogne Billancourt dans un quartier cossu situé à deux pas de deux bouches de Métro Chardon Lagache et Exelmans. Elle logeait depuis quelques mois dans ce trois pièces du 48 rue Chardon-Lagache. Tous les matins elle avait l'habitude d'absorber son bol de lait et ses céréales sur son balcon, un luxe dans la capitale. Elle bénéficiait d'une vue directe sur une somptueuse bâtisse, l'hôtel particulier Jassedé inscrit aux monuments préservés de la mairie de Paris. Une des nombreuses réalisations du grand architecte de l'art nouveau, Hector Guimard.

Une fois son petit-déjeuner avalé, le ménage sommairement expédié, et les nombreuses caresses à Chipie distribuées, Mathilda emprunta le métro à deux pas de chez elle, pour se rendre à son cabinet de radiologie.

Il lui fallait traverser une place envahie de larges terrasses de restaurants, où elle avait l'habitude de s'installer avec ses deux collègues lors de la pause du midi, lorsqu'elle ne rentrait pas s'occuper de son chat.

Elle poussa la porte du cabinet, et traversa la salle d'attente déjà bien occupée par plusieurs patients, pour la plupart arrivés ici sur recommandation. Le centre de radiologie se prévalait d'une grande renommée, notamment grâce à son équipement de pointe. Récemment, ce dernier venait de s'étoffer avec un nouveau scanner de haute technologie, capable d'identifier des anomalies jusque-là indétectables.

Mathilda se dirigea directement vers sa secrétaire médicale, une femme charmante, au joli prénom de Fabienne, qui sentait la Provence. Elle était vêtue d'une longue robe noire, et maquillée avec discrétion et raffinement.

- Bonjour Fabienne, je vois qu'il y a du monde ce matin.
- Bonjour Mathilda, oui. Tu es bien belle aujourd'hui ? Tu as une mine radieuse ce matin. A croire que tu vas bientôt partir en vacances.
- Eh oui, c'est mon dernier jour parmi vous. On déjeune ensemble ce midi pour fêter mon départ avec Agatha ?
- Quelle chance, je rêverais de venir avec toi faire ton circuit aux USA.

Aujourd'hui, Mathilda entamait son dernier jour de travail avant les vacances d'été. Elle s'était inscrite dans une agence de voyages et choisi un circuit à travers l'Ouest américain sur les recommandations de ses parents. Eux-mêmes se l'étaient offert en cours de période scolaire, lorsque leur fille était adolescente. Partant seule, elle tergiversa quelque temps avant de s'inscrire, redoutant de voyager avec des inconnus, pour la plupart en groupe ou en couple, mais la curiosité et l'envie de changer d'air la stimulèrent suffisamment pour franchir les portes de l'agence de voyage.

D'ailleurs elle se projetait déjà mentalement au milieu du désert de la vallée de la mort quand elle fut interrompue par sa collègue.

- Mathilda, ta patiente est prête. Je l'ai fait rentrer dans ton bureau.

Elle reprit ses esprits, revint dans sa réalité médicale et ouvrit la porte de son cabinet. Une dame d'une soixantaine d'années, d'allure très dynamique, coiffure blonde, était déjà assise sur la chaise de consultation. Elle s'exprimait avec un léger accent américain. L'objet de sa visite : effectuer un scanner de contrôle pour un soi-disant nodule sur sa poitrine. Avec une voix un peu anxieuse, elle déclara avoir pris ce rendez-vous suite aux recommandations de son médecin, dont le nom n'était pas connu de Mathilda.

- Votre médecin a un cabinet à Paris ? Je n'ai jamais eu de patient de sa part et je n'arrive pas à voir l'adresse sur l'ordonnance.

- Pourtant il m'a vanté vos compétences, Mme Belove, s'étonna-t-elle avec son accent anglo-saxon caractéristique.

- Vous avez un bel accent, vous venez de quel pays si je peux me permettre ?

- Effectivement je suis en France depuis peu. Je suis de San Francisco aux Etats unis. Je suis venue à Paris avec mon mari en voyage et nous ne sommes plus jamais repartis de cette ville.

- Quelle coïncidence ! Je pars demain faire un circuit dans l'Ouest américain. D'après le programme, j'ai deux jours à San Francisco.

- Ooooh, quelle chance ! Mon fils …

Un brusque sanglot, précédé d'un reniflement incontrôlé, interrompit la suite de sa phrase. Des larmes émergeaient sous sa paupière. Mais Mme Foxer n'était pas du genre à se laisser aller face à la première venue. Elle reprit le contrôle de ses propos sur un ton teinté de nostalgie.

- Excusez-moi mais j'ai encore mon fils qui se trouve à S.F., euh … à San Francisco.

Oui les américains aiment employer les initiales de leur ville pour s'identifier comme L.A. (Los Angeles).

- Cela vous peine ?

- Oui, mais je vous rassure, je communique non-stop avec lui grâce à mon téléphone. Il m'a installé de nombreux outils de communication, Messenger, WhatsApp, Face Time. Au début, je n'y comprenais rien, mais à force de louper les appels de mon fils, j'y suis arrivée, dit-elle avec une fierté non dissimulée.

Mme Foxer était amusante et touchante quand elle évoquait son fils. Mathilda fut obligée de la couper pour pouvoir l'examiner. Elle avait une douleur à la poitrine. Craignant un cancer du sein, son médecin lui avait recommandé une mammographie. Elle avait très mal dormi depuis plusieurs jours, avant d'obtenir ce rendez-vous. Elle avait peur d'avoir été touchée par cette affreuse maladie que tant de femmes craignent.

Malgré les quelques mots de soutien et d'encouragement de Mathilda, Mme Foxer mit beaucoup de temps à se diriger vers l'appareil qu'elle assimilait à un objet de torture. Suivant les recommandations de la jeune radiologue, elle se positionna contre la plaque de l'appareil, écrasant sa poitrine sur la vitre en plexiglas. Au moment où les plaques commencèrent à exercer une légère pression, les seins se décomposèrent tels de la pâte à modeler ou du bitume fondu. Elle n'arrivait plus à réprimer sa perception de la douleur. On pouvait deviner au regard des traits de plus en plus marqués de son visage, le niveau de sa souffrance. Heureusement ces opérations nécessitaient de très courts temps d'exposition.

- Désolée, Mme Foxer encore quelques clichés, et je vous libère.

Mme Foxer ne répondit pas, elle serrait ses lèvres par crainte de ne pouvoir contenir les cris de sa douleur en partie imaginaire.

Une fois l'examen terminé, elle se rhabilla en se focalisant sur le dépliant posé sur le bureau.

- C'est le circuit que vous allez faire ?

- Oui, d'ailleurs si cela ne vous dérange pas, je veux bien avoir votre avis sur les différentes étapes de mon circuit.

Elle s'empara du programme en le feuilletant avec une certaine frénésie.

En effet la description du circuit était alléchante, avec une arrivée à l'aéroport de Los Angeles, première étape d'un copieux parcours parsemé de nombreux sites à découvrir au travers de l'ouest américain, dont le lac Powell, ou monument Valley, … ou encore une halte à Las Vegas, l'incontournable capitale du vice, avant de s'échouer à San Francisco, l'ultime escale de ce palpitant road movie.

- C'est parfait Mme Belove, vous avez beaucoup de chance de faire un tel périple. Si je pouvais je viendrais volontiers avec vous.

En écoutant les conseils, Mathilda commença à parcourir les clichés qu'elle venait de réaliser. Elle trouvait bizarre que son médecin l'envoyait d'urgence la consulter alors qu'il n'y avait aucune suspicion de sa part.

- Mme Foxer, je vous transmettrai les résultats de votre examen. Ils seront consultables dès demain sur notre site internet. Mais d'ores et déjà, rassurez-vous,… je ne vois rien d'anormal.

Elle raccompagna sa première patiente jusqu'à l'accueil afin que Fabienne puisse effectuer les formalités administratives. Et sans s'attarder, elle se consacra aux patients suivants. La journée s'enchaîna entre les mammographies, les radios, les scanners.

L'OCBC mène l'enquête

A midi, Mathilda et Fabienne rejoignirent Agatha sur la terrasse de leur restaurant habituel, où toutes les trois commandèrent la salade du jour de chez Mario.

Agatha était son associée. Elle était grande, les cheveux châtains et ondulés. Pour accentuer sa taille, elle aimait se chausser d'escarpins à talons hauts, équipés de semelles rouges, symboles emblématiques d'une marque célèbre. Elle dégageait un vrai charisme, inscrit dans son regard, qui conjugué à ses expressions, et ses formes voluptueuses ne laissaient pas de marbre ses partenaires.

Seul son langage dénotait avec son physique. Ses années passées dans les quartiers de Grenoble en étaient pour quelque chose. En effet Agatha et Mathilda sont originaires de la même région. Elles ont suivi un parcours scolaire similaire à la Faculté de Médecine de Grenoble. Elles ont participé aux mêmes soirées étudiantes du campus.

Agatha a grandi dans un quartier un peu chaud, qui défrayait souvent la chronique dans le journal local (le Dauphiné libéré) dénonçant moults trafics de drogue, sous fond de règlements de comptes. Le quartier Mistral, dont il s'agit, souvent désigné parmi les cités les plus criminogènes, n'est pas le plus propice pour le développement d'une jeune fille d'une telle beauté. Elle a longtemps délaissé les jolies robes décolletées au profit de tenues plus passe-partout voire masculines. Néanmoins, ses expressions peu châtiées, son langage un peu cru, lui ont permis de se faire respecter.

Elle se laisse souvent aller, par réflexe, à lever son majeur pour montrer son mécontentement.

Sa passion pour la médecine lui a permis d'envisager un avenir plus prometteur que celui souvent dévolu aux gens du quartier. Rares sont ceux qui arrivent à suivre une formation d'études supérieures en s'affranchissant de l'argent facile, lequel coulait à flots dans ces secteurs où sévissaient les trafics les plus rémunérateurs. Certains de ses amis sont encore sur place à traficoter, ou à vivoter en courant de job en job.

Mathilda n'avait pas suivi le même parcours. Elle habitait une ville limitrophe de Grenoble de près de huit mille habitants, Moirans. Une ville où il fait bon vivre, dans un quartier pavillonnaire où le seul bruit de scooter qu'on pouvait entendre le soir était celui de son propre frère. La seule fois où elle a dû entrer à Mistral c'était l'un de ces soirs de sortie, en raccompagnant Agatha.

Les deux copines ont décidé de s'associer en montant un centre de radiologie. Dès la fin de leurs d'études, elles ont réussi à trouver les financements auprès d'un consortium de gestionnaires spécialisés dans le domaine médical.

La ville de Paris était une évidence pour les deux futures consœurs. Elles y firent d'ailleurs plusieurs séjours pour fêter chaque fin d'année de Medecine. Autant dire neuf fois compte tenu de la longueur d'études.

Une fois leur salade avalée et après avoir énuméré les différents sites de rêve qu'allait parcourir Mathilda, les trois filles décidèrent de rejoindre leur cabinet avant l'arrivée des patients.

Sur la route, elles croisèrent une noria de camions et de voitures de police, toutes sirènes hurlantes. Escortés pas des motards, le convoi traversait les rues en s'affranchissant des couleurs des feux de circulation. Des hommes cagoulés armés de fusils mitrailleurs, de gilets pare-balles s'entassaient à bord de véhicules banalisés. Les rues étaient bloquées par des agents de police. Agatha interrogea l'un d'entre-eux. Visiblement un vol venait d'été commis au musée du Louvre qui jouxtait le centre de radiologie.

Les filles s'en amusaient tout en reprenant le chemin du travail.

- On n'a quand même pas volé la Joconde ? Plaisanta Agatha.

- Des fois qu'elle soit sortie prendre l'air? Enchaina Fabienne.

- Arrêtez de rire les filles, depuis que je suis là je n'ai jamais eu le temps de visiter le Louvre. D'ailleurs je compte sur vous pour le faire dès mon retour des States….

Aussitôt dit aussitôt fait, le rendez-vous était pris. Agatha venait de cliquer sur le site du Louvre pour effectuer la réservation en ligne.

Le dernier patient de Mathilda quitta le cabinet vers 17 heures. Elle pouvait enfin préparer son voyage et s'occuper des derniers préparatifs de ses valises. Elle prit le métro en direction de Boulogne.

Lorsqu'elle arriva chez elle, elle dut insister plusieurs fois pour rentrer la clef dans la serrure. Comme si on avait tenté de la forcer. La chatte l'attendait devant la porte, elle était perturbée. Elle était habituée à rester seule, mais là, elle n'arrêtait pas de se frotter et de miauler. Mathilda sentait quelque chose d'anormal. Elle inspecta chaque pièce accompagnée de sa Chipie, tel un garde du corps. Rien n'avait bougé, pas de trace, rien de dérangé.

Brusquement, son sang ne fit qu'un tour…… elle se précipita dans le placard à chaussures en sortant une boite noire contenant plusieurs billets de Dollars Américain qu'elle avait récupérés au magasin de rachat d'or de son quartier. Après les avoir recomptés, aucun ne manquait. Benjamin Franklin figurait bien sur les billets de cent Dollars.

C'est sans doute la fatigue de cette dernière journée forte en émotions qui lui jouait des tours.

Une fois les préparatifs achevés, elle attrapa sa tablette et s'offrit un petit moment de détente sur son balcon, face à cette fameuse maison. En fin de journée, elle aimait prendre le temps de communiquer avec ses amis, ou ses parents. Ce soir la discussion avec sa maman était très émouvante. Le fait d'imaginer sa fille voyager si loin en car pendant quinze jours, de surcroît avec des inconnus, ne rassurait pas sa mère, qui ne cessa de la mettre en garde durant cet appel.

Après avoir raccroché, Mathilda se renseigna en consultant divers sites d'actualité sur le fameux vol au musée du Louvre. A peine les mots clefs « vol Louvre » saisis dans les moteurs de recherche, les résultats ne se firent pas attendre, et les articles s'avérèrent à la hauteur du vacarme engendré par les sirènes de ce midi. Les journalistes mentionnaient une œuvre de presque un demi-milliard de dollars dérobée au Louvre. Cette pyramide qualifiée d'inviolable a bien été délestée d'une toile d'exception prêtée par son riche propriétaire.

Le prestigieux tableau devait représenter l'œuvre majeure de l'exposition sur Léonard de Vinci, parmi d'autres pièces d'art généreusement confiées, soit par des musées, soit par des particuliers comme notre mécène inconnu.

Cette peinture au joli nom de Salvator Mundi, représentant le Christ venait d'être acquise aux enchères pour la somme exorbitante de quatre-cent-cinquante millions de dollars. Un record qui a déjà fait couler beaucoup d'encre, notamment sur la plus-value engendrée par son ancien propriétaire, un homme d'affaire russe, Dmitri Rybolovvie, qui l'avait acquise pour Cent-vingt-sept Millions et cinq-cents mille Dollars trois ans auparavant.

D'après les informations obtenues par les pigistes, deux hommes cagoulés ont réussi en pleine journée à s'introduire et à se cacher dans les toilettes du Louvre, attendant la nuit pour en sortir et se rendre au premier niveau du Musée où se préparait l'exposition programmée en début de semaine. D'après les premiers éléments de l'enquête, ils auraient profité d'un manque de vigilance du personnel au cours de l'aménagement de l'exposition. En effet, alors que le personnel technique installait les présentoirs et qu'une équipe expérimentée se chargeait de positionner les œuvres, des spécialistes en systèmes d'alarme branchaient des détecteurs sécurisés sur chacune des œuvres. C'est ce laps de temps entre ces deux opérations qui a été mis à profit, pour soustraire la toile. Une faille dans la procédure que seuls des membres du personnel du musée pouvaient connaitre.

Les articles indiquaient que l'Office Central de lutte contre le trafic de Biens Culturels (OCBC) était en charge de l'enquête.

****

Le lendemain, une flotte de trois berlines bleu foncé roulait à vive allure en direction du Louvre. Leurs vitres noires ne laissaient pas entrevoir ses occupants. Seul le gyrophare indiquait à quel corps de métier ils appartenaient. En sortirent une dizaine d'agents en civil tels une armée d'agents secrets. Le FBI à la française ! Leur chef portait des lunettes de soleil, et à peine sorti du véhicule, entreprit d'examiner les lieux avec minutie. On devinait au travers de ses verres fumés que son regard scannait la scène à la recherche du moindre indice. C'était lui, l'inspecteur Duval, qu'on appelait toujours pour résoudre ce genre d'affaire.

Il avait démarré sa carrière dans la police au sein d'un commissariat délabré de la banlieue nord de Paris. Mais sa passion première était l'art sous toutes ses formes. Empreint d'un certain éclectisme, et appréciant autant les peintures académiques que contemporaines, mais aussi la sculpture sous toutes ses formes, c'est comme étudiant aux beaux-arts qu'il s'inscrivit, dès le bac en poche. Néanmoins, on peut être fin connaisseur et piètre artiste ! Dès lors, n'arrivant pas à percer dans son domaine de prédilection, il profita d'une année sabbatique pour passer le concours de la Police Nationale. Après avoir officié quelques années entre affaires de mœurs, et petits trafics sans envergure, il rencontra un agent d'un service assez atypique, dévolu à la protection et à la recherche des œuvres volées. Sans la moindre hésitation, l'inspecteur Duval postula et se retrouva rapidement à la tête de cette antenne spécialisée, dont l'utilité ne tarda pas à être approuvée internationalement par toutes les polices. Ses connaissances dans le milieu de l'art, son esprit d'analyse, mais aussi de fouine, ont permis la résolution de nombreuses affaires, notamment des casses retentissants.

Il demanda au directeur du Musée de lui fournir, dans l'heure, la liste de tout son personnel, qu'il soit agents de sécurité ou d'entretien. Cela représentait deux mille cent employés dont mille dévolus à la sécurité. Ainsi ses collègues saisirent toutes les bandes de vidéosurveillance, pendant que d'autres vérifièrent auprès des opérateurs téléphoniques la liste de tous les appels au cours de la soirée du cambriolage bornant dans la zone de recherche du Louvre.

Le directeur amena l'inspecteur sur les lieux. Pratiquement aucun élément n'aurait pu laisser supposer un vol. En effet, la prestigieuse toile volée était bien à sa place, sauf qu'il ne s'agissait que d'une copie subtilement substituée pas les voleurs. Ce faux, un leurre de très bonne facture, n'a cependant pu échapper à l'œil expert du Directeur, qui avait immédiatement donné l'alerte en observant un détail sur la toile. Les traits de la main droite du Christ ressortaient grossièrement.

Il est vrai que l'imitation du tableau de Léonard de Vinci frôlait la perfection. Les traits, les teintes, les ombres, jusqu'aux petites craquelures, et au cadre lui-même artificiellement vieilli, ne pouvaient que forcer l'admiration sauf pour cette main. Un travail de grand professionnel. Mais le plus troublant et de fait particulièrement inquiétant était la mise sous silence de l'alarme et le brouillage de la vidéo.

Ce casse inédit prenait une dimension qui dépassait le petit vol lucratif.

L'enquête était lancée et confiée officiellement à l'équipe de l'inspecteur Duval.

Aéroport Charles de Gaulle – Paris - France

Départ pour L.A

Mathilda s'engouffra dans un taxi Uber, sur le lieu de rendez-vous à peine quelques minutes après sa réservation sur l'appli dédiée, pour gagner l'aéroport de Paris Charles de Gaulle. Pendant le trajet, elle était préoccupée par son chat condamné à rester confiné à son domicile durant son road trip chez les yankees. Néanmoins, elle avait confié à Agatha la charge de venir tous les soirs de la semaine s'occuper de la belle féline. Elle avait également négocié avec son amie Fabienne. En échange de soins donnés à la chatte, elle lui prêtait son appartement parisien, pendant les week-ends.

Ses bagages se résumaient à deux valises à roulettes, un modèle grande taille plutôt encombrant, l'autre de dimension plus modeste, et relativement vide. Prévoyante et altruiste, elle avait envisagé au cours de son périple, quelques achats de souvenirs à l'attention de ses deux amies et de sa famille.

Les membres du circuit avaient rendez-vous devant le point d'accueil de l'agence de voyage. Visiblement personne ne manquait à l'appel. Mathilda, comme à son habitude, débarquait en bonne dernière. Une trentaine de personnes sensiblement agacées et pressées de prendre connaissance des recommandations règlementaires, l'attendaient avec une impatience teintée d'hostilité. La conseillère débita ses consignes, comme un orgue de barbarie qui égrène toujours la même partition, avec une conviction toutefois trahie par une légère lassitude. Sa voix monta brusquement d'une octave, dès qu'elle aborda l'arrivée du groupe sur le territoire américain.

- Respectez bien les consignes, pas de rigolade, pas de blagues avec les agents de douane. Restez bien derrière les traits jaunes. J'ai des clients qui ont eu de nombreux soucis.

- T'as compris Lionel, tu ne commences pas tes blagues !!! disait la femme d'un groupe d'amis avec son fort accent de Marseille.

Contrairement à l'image que l'on peut avoir d'un groupe homogène, composé d'individus de moutons de Panurge, on ne pouvait que constater une grande différence parmi les candidats au circuit. Variés par leurs âges, leurs provenances, de Marseille à Paris, de l'urbain au rural, statut de vieux couples ou de jeunes célibataires, peu importait pour Mathilda. Bien au contraire. L'essentiel, et il n'a pas fallu bien longtemps pour qu'elle s'en aperçoive, c'est qu'aucun enfant ne faisait partie du groupe, un soulagement déjà appréciable. Ne serait-ce que lorsque le guide délivrerait ses explications épargnées des redoutables interférences sonores que les gamins savent émettre sans mesure.

Après les continuelles formalités d'embarquement et les contrôles impudiques de certains agents zélés, le gigantesque oiseau de fer low-cost se perdit dans le ciel matinal et brumeux.

Le vol semblait interminable et monotone, plus de onze heures pour atteindre la ville de Los Angeles. Mathilda, de nature curieuse, commençait à observer les gens, dont son voisin de droite doté d'un léger embonpoint qui avait un peu de mal à ranger ses affaires. Elle s'interrogeait sur les raisons de son voyage. Elle s'installait confortablement dans son siège de similicuir, recouverte d'une couverture grise à l'effigie d'Air France. Le temps de maîtriser l'écran tactile et de brancher ses écouteurs, elle se lançait dans une longue séance cinématographique. Elle ingurgita trois films, un repas sans saveur, un goûter sous plastique qui avait gardé le goût caractéristique de renfermé. Enfin le pilote annonça l'atterrissage imminent. Les hôtesses s'empressèrent de contrôler le bouclage des ceintures de sécurité sur chaque passager. Seul son voisin qui avait bien abusé des verres de vin, dont celui de Mathilda, continuait à somnoler, incapable d'ouvrir les yeux.

Après quelques soubresauts dus au contact brutal de la gomme des pneus et de l'asphalte encore scintillant de la pluie matinale, l'appareil se stabilisa tout en douceur sous les applaudissements des passagers décrispés. L'avion était sur le tarmac de la cité des anges.

Une fois accompli le rituel des nombreux contrôles douaniers, où la complaisance et le sourire des agents armés à la Robocop semblaient définitivement rayés de leur registre émotionnel. Obéissant, silencieux, docile, et d'une discrétion inégalée, le groupe délivré des oppressants contrôles, s'empressa de récupérer ses bagages. Néanmoins, l'angoisse ne s'était pas totalement évanouie, quand certains ne retrouvaient toujours pas leur valise ballottée sur le tapis roulant et grinçant, dont les tours de piste semblaient les narguer. Mathilda eut, quant à elle, juste le temps de récupérer son bagage, solidement agrippé aux mains de deux personnes qui l'avaient soi-disant confondu avec leur propre valise. Et qui ne savaient sans doute pas orthographier leur propre nom, au vu de l'étiquette qui mentionnait très clairement, en majuscules et en gros caractères le doux prénom de Mathilda. L'erreur est humaine, pensa-t-elle avec indulgence. Cependant les deux acolytes, loin de s'excuser, étaient bien décidés à ne pas céder, sous prétexte, et tout en revendiquant leur nationalité américaine, qu'ils ne parlaient pas un mot de français. Mais la scène, un peu bruyante et accentuée par l'écho environnant, commençait à attirer l'attention des agents de sécurité, toujours friands d'un peu d'action, et ne demandant qu'à sortir de leur torpeur aéroportuaire. Comme par enchantement, les deux compères daltoniens du bagage, n'ont pas cherché leur reste et se sont brusquement éclipsés en un clin d'œil. Ce comportement étrange ne pouvait qu'intriguer Mathilda, qui resta perplexe sur leur acharnement à s'en prendre à sa valise sans valeur apparente.

Après cet incident, le groupe rejoignit le guide qui agitait son écriteau avec énergie, tout en balayant d'un regard scrutateur la foule environnante. Une fois ses ouailles identifiées et méthodiquement décomptées, il les prit en charge immédiatement en leur expliquant le déroulé du séjour.

Au moment de monter dans l'autocar, Mathilda reconnut au loin les deux fameux compères, les cleptomanes du bagage, qui étaient sortis de l'enceinte de l'aéroport, et dont on devinait malgré la distance une mine singulièrement dépitée. Mathilda ne pouvait que se rendre à l'évidence : ils n'avaient pas du retrouver leurs valises car ils attendaient désormais, devant l'entrée sans bagages. L'un deux téléphonait, et son collègue regardait fixement dans la direction du groupe de Mathilda.

Le chauffeur, au nom approprié de Raoul – «allez roule, Raoul», ne put s'empêcher de penser Mathilda, en esquissant un petit sourire, chargeait les valises consciencieusement pour chaque client, dans les doubles coffres de l'imposant véhicule. Solidarité oblige, tout le monde lui donnait la main. Un groupe soudé, c'est de bon augure, se dit Mathilda en s'asseyant à côté d'une dame d'un certain âge. Le bus se faufila entre les voitures et le flot de cars pour prendre la sortie de l'aéroport pour commencer le périple américain.

Aaron, artiste peintre

Quartier Castro - San Francisco - Californie - USA

A San Francisco, vivait Aaron un jeune peintre américain qui tenait sa propre galerie d'art dans le quartier gay de Castro. La trentaine, il portait sur sa peau les marques de sa vie et à chaque doigt le souvenir d'un de de ses voyages. Sa silhouette tonique était l'exact reflet de son caractère et de son penchant pour les menus végan.

Habillé de façon chic et branché avec une veste de cuir antédiluvienne chinée chez un frippeur de son quartier, et une paire de Converse aux pieds, il promenait sur le monde un regard gris acier amusé.

Il passait le plus clair de ses journées dans sa réserve envahie de toiles, chevalets et autres œuvres inachevées. Au milieu de cet éblouissant capharnaüm, il s'était installé une véritable salle informatique, à l'ambiance digne de l'atelier du Professeur dans la série Casa de Papel. Il pianotait sur le clavier d'un ordinateur dernier cri au design élégant qui n'avait rien à envier aux plus grands Geeks. Il passait ses journées sur ses écrans, trois d'entre eux disposés en demi-cercle, digne d'une salle de contrôle de la Nasa.

Les œuvres de sa boutique, les siennes ou celles d'artistes en vue en Californie, étaient toutes de style post impressionniste avant-gardiste, aux couleurs vives et tranchées, presque matissiennes, et aux formes délibérément grossières, parfois aux contours épais, parfois fondues et estompées, l'ensemble saisissant l'œil avec une sublime exaltation. Beaucoup de toiles étaient estampillées de son seul Prénom. Quelques sculptures, que l'on remarquait à peine, s'étiolaient morbidement derrière la vitrine sur le thème d'animaux fantasmagoriques aux yeux hallucinés et effrayants, éparpillés au milieu d'une collection de têtes de morts, qui n'avait rien à envier à nos célèbres catacombes parisiennes

Il avait une clientèle d'habitués, principalement de nombreuses sociétés de décoration, qui comme au drugstore du coin, faisaient leurs emplettes, l'œil plus attentif à l'étiquette mentionnant le prix qu'au tableau lui-même, œuvres tristement rétrogradées au statut de simples articles de rayonnage, dans le seul objectif de mettre en valeur des biens immobiliers à vendre, ou des galeries de parcs d'expositions. Il faut dire que ce style était à la mode dans ce quartier, et pour ces marchands de biens, c'est ce critère seul qui comptait, en plus de la recherche avide d'éventuelles promotions saisonnières.

Il n'avait pas d'employés pour tenir sa boutique mais cela ne l'empêchait pas régulièrement de la fermer en accrochant son panonceau « Closed I come Back », avec comme seule motivation d'aller flâner dans les rues de Castro, ce quartier animé et coloré, où les riverains rivalisaient de tenues et d'attitudes excentriques.

Le soir après la fermeture, il traînait fréquemment à proximité de son quartier de prédilection, rendait visite à ses amis commerçants, en passant systématiquement devant la fameuse maison bleue chantée par Maxime le Forestier, située au 18th street. L'accueillante bâtisse rendue célèbre par ce tube des années soixante-dix, Aaron n'était pas le seul à lui rendre visite. Chaque touriste voulait s'émerveiller en admirant ce monument culturel, aussitôt enregistré dans leur smartphone, avec cette illusion de conquête d'un objet irréel. Les guides ne s'y trompent pas en inscrivant invariablement dans leur programme cette incontournable visite, de surcroît très plébiscitée des français. Aaron souvent se prêtait eu jeu, il lui arrivait fréquemment de donner des explications sur cette maison, lorsqu'il croisait les nombreux badauds qui n'avaient aucune idée du légendaire édifice, ou d'étrangers égarés qui la cherchaient désespérément. Aaron, né d'un père français venu tenter sa chance en Amérique et d'une mère texane, maitrisait d'ailleurs très bien la langue de Molière…

Mais aujourd'hui Aaron semblait perturbé. Certainement cette conversation qu'il venait d'avoir au téléphone. A peine avait-il raccroché, son comportement d'ordinaire teinté d'insouciance apparente, avait brusquement changé. Il semblait hagard, tout en faisant les cent pas dans son loft futuriste, et l'on devinait un imperceptible tremblement de sa lèvre inférieure. De quoi s'agissait-il ? Ces coups de fil et les nombreuses notifications qu'il recevait ? Sans parler de son PC dernier cri, qui n'arrêtait pas de sonner, de bipper, diffusant cette lumière bleutée à chaque désactivation de la veille. En temps ordinaire, rien d'inaccoutumé, les commandes à honorer débarquent parfois en rafale, à la suite d'une journée portes ouvertes ou d'un événement artistique. Mais l'ordinaire ne jetait pas Aaron dans un tel trouble…

Venice Beach, Los Angeles

Muscle beach - Venice Beach – Los Angeles
Californie - USA

Lorsque l'autocar quitta l'aéroport de Los Angeles pour se rendre à la première destination figurant au programme du circuit, Benjamin, le guide, un français de trente-cinq ans originaire de Toulouse et détenteur d'une licence d'histoire, se fit une joie d'apporter de nombreux points de détails historiques et géopolitiques sur les USA.

- Nous arrivons à Venice Beach, une plage réputée pour son ambiance bohème. Beaucoup de films ont été tournés ici même. Vous voyez ici la fameuse salle de sport extérieure ou encore le terrain de basket de rue, et le célébrissime skatepark. Je vous invite dès maintenant à découvrir la promenade qui longe la plage. Profitez-en pendant une heure trente, puis nous enchaînerons avec un tour de la ville en car.

C'est à ce moment-là que Mathilda regretta de ne pas être venue avec une amie, chagrinée de se retrouver à marcher seule dans ce lieu mythique. Beaucoup de gens circulaient à pied, à vélo ainsi qu'en skate-board, dans une atmosphère typiquement californienne où les fortes effluves odorantes de marijuana se diffusaient tout le long de la jetée où s'échelonnaient à perte de vue des commerces et boutiques diverses. Elle reçut d'incessantes sollicitations à acheter des babioles affligeantes et autres verroteries dont elle se demandait bien qui pouvait bien acquérir de telles horreurs. Intriguée par les pléthoriques salles de sports, comme la Muscle Beach, elle écarquilla les yeux, stupéfaite de remarquer des hommes dotés d'une musculature vraiment impressionnante. Certains d'entre eux se tenaient en perpendiculaire sur des barres de tractions, pendant que d'autres mimaient le geste de monter un escalier, exactement comme dans une véritable salle de sport, avec l'odeur de la sueur en moins. Mathilda était ébahie, et un tantinet émoustillée par de telles prestations. Les sportifs d'ailleurs ignoraient sa présence, s'entrainant comme s'ils étaient seuls au monde, totalement étrangers aux regards d'éventuelles admiratrices. Elle ne put s'empêcher de se demander, si la finalité narcissique de tous ces efforts n'était pas de se contempler eux-mêmes plutôt que de susciter la convoitise des autres.

Un terrain de basket se trouvait un peu à l'écart de la plage, le long d'un étrange petit parc déserté jouxtant les commerces. Deux équipes s'affrontaient, des grands noirs équipés de bras aussi volumineux que le ballon, torse nu et dégoulinants de sueur, et dont les shorts, seuls vêtements significatifs, ne permettaient pas de distinguer les équipes. Les échanges entre eux étaient impressionnants pour ne pas dire brutaux, ce qui affolait notre radiologue peu habituée à cette indescriptible fureur.

Encore un peu perturbée par la corpulence des grands gaillards, se demandant si ces montagnes de muscles transpirantes couleur ébène lui provoquaient plutôt une sorte de dégout ou au contraire une attirance presque animale, elle arriva à la hauteur du célèbre skatepark. Elle sortit pour la première fois depuis son arrivée sur le sol américain, une petite liasse de dollars retirés à la sortie de l'aéroport, pour se procurer une casquette avec les imposants caractères enchevêtrés « L.A » qui plastronnaient au-dessus de la visière. Pas pour elle, juste à l'intention de ses amies préférées. C'était sa nature, elle pensait aux autres avant même de se faire plaisir à elle-même. Le vendeur, au look saisissant à la Bob Marley lui proposa de nombreux articles avant de finir par un petit pochon d'herbe, dont la célèbre feuille verte imprimée sur le sachet ne laissait aucun doute sur le contenu

- Vous verrez il n'y aura plus de souci avec cette herbe

Avec un Fran-glais, elle rétorqua .....

- Merci mais je n'ai pas de souci. Tout va bien.
- Tout va bien, tout va bien, alors pourquoi une jolie fille comme toi est seule dans ma boutique ???

Cette réflexion l'avait visiblement un peu contrariée, on le devinait à son visage soudainement crispé. Son regard sombre fit comprendre au vendeur de ne pas insister. Ce dernier, se rendant compte de son involontaire insolence, tenta de se faire pardonner, en lui offrant un stylo. Sans succès. Elle régla les casquettes, récupéra sa monnaie sans un mot, sans le moindre regard au vendeur porteur de dreads, pour sortir aussitôt de la boutique.

Elle savait que ce genre de voyage aurait été préférable accompagnée d'une amie ou encore mieux, d'un petit chéri, mais ses nombreuses années d'études ne lui ont guère laissé le loisir de trouver l'amour. Cela dit, elle était fin prête à le faire maintenant que toutes les dispositions étaient présentes au grand soulagement de ses deux amies et de sa maman.

Benjamin vint à sa rencontre pour lui rappeler l'heure de départ qui arrivait à grand pas. Mais auparavant, il tenait à lui indiquer la plage où était tournée la série « Alerte à Malibu ». Ne voyant pas la fameuse et incontournable actrice en maillot rouge qui crevait l'écran à chaque générique, elle se détourna de l'étendue de sable, et décida de rejoindre le bus. Celui-ci prit la route en direction d'un motel, implanté dans une zone industrielle. L'édifice s'avérait typique de ceux aperçus dans les films hollywoodiens, un bâtiment de deux étages agrémenté d'une piscine centrale. Comme tous les endroits du genre, il était signalé par un immense panneau portant l'indication « Motel » que l'on apercevait de loin et ce même la nuit car le gérant avait opté pour un panneau lumineux. Une fois les passagers débarqués, comme à chaque halte, c'est le même rituel qui se mettait en place.

Le guide s'occupait des démarches à l'hôtel en récupérant les cartes d'accès aux chambres pendant que le chauffeur déchargeait les valises avec l'aide de certains voyageurs.

****

Un peu plus loin.....

- Allo, le car est arrivé à l'hôtel. On fait quoi, patron ?

- Rien, vous la surveillez c'est tout. Vous ne tentez rien. Déjà que vous l'avez loupée. Pas capable de prendre une valise. Vous restez sur le plan initial. Vous branchez la puce et vous la suivez à distance sans faire de vague. On attendra le bon moment pour la récupérer.

- Ok, boss. On gère.

- Justement non. Vous ne gérez rien. Vous attendez mes ordres. Compris ?

- Ok, ok boss.

Les deux compères de l'aéroport étaient encore là. Que lui cherchaient-ils à cette valise ?

Ils n'étaient pas très dégourdis, un peu gauches. Sergio le plus futé, ou plutôt le moins arriéré, était le plus petit des deux. Court sur pattes, il remontait régulièrement son jean bleu au-dessous de son ventre bedonnant, tout en réajustant sa chemise rouge et son gilet de cuir marron sans manche. Son partenaire de jeu, Rodrigo, s'appuya nonchalamment contre le bus tirant quelques bouffées d'un imposant cigare mexicain qu'il faisait directement importer par ses cousins près de Veracruz. La scène se confondait avec celle d'un vieux western où le héros allumait son cigare sous son chapeau avant de dégainer son colt. Il en profita pour coller discrètement un boitier géolocalisable sous le pare-choc du véhicule. Sitôt après, ils s'éclipsèrent dans leur Jeep Compass noir aux vitres teintées, laissant juste entrevoir leurs silhouettes.

Hollywood Walk of Fame Los Angeles Californie - USA

Hollywood bd,
Los Angeles

Etoiles de Michael Jackson - Hollywood Walk of Fame
Los Angeles - Californie - USA

Le lendemain, le groupe au grand complet et tout excité à l'idée de découvrir l'immense métropole de Los Angeles, passa le temps du trajet, à énumérer les ingrédients du petit déjeuner (qui était finalement tout sauf petit), pendant que d'autres s'amusaient à évoquer la composition du repas du soir. Ils commençaient à se découvrir les uns les autres, à se lier par affinités pour certains d'entre eux, dont le groupe de jeunes célibataires qui a eu vite fait d'adopter Mathilda parmi eux.

Sitôt les valises chargées dans les soutes par Raoul, le car s'ébranla en direction de la fameuse avenue Hollywood bd.

Le guide avait instauré une tradition à son auditoire matinal en diffusant depuis l'autoradio la célèbre musique du générique de la Paramount. Tout en claironnant un tonitruant « Good Morning » Et tout le monde devait l'accompagner, bien entendu.

- Vous verrez au début on est mal, avertit-il. On n'ose pas voir, on déteste même et après, c'est toujours ainsi, on ne peut plus s'en passer.

Benjamin, qui connaissait ces lieux mieux que sa poche, commentait avec talent le moindre bâtiment sans se priver de faire abondamment référence aux films qui avaient été tournés dans ce périmètre. Il évoquait « L'arme Fatale », « Melrose » et bien d'autres films comme s'il avait vécu lui-même ces glorieuses séquences.

En arrivant à destination, Mathilda fut surprise d'un saisissant contraste avec les éblouissants spots qu'elle venait d'admirer. Maintenant elle devait se contenter d'un boulevard monotone, d'une apparente simplicité, excepté le bloc annexe à la gente touristique. Cette artère de quelques centaines de mètres, au trottoir orné de centaines d'étoiles enchâssées dans le sol, honorait ainsi de nombreuses célébrités, des plus prestigieuses aux moins connues.

Bien que les emblématiques étoiles cintrées de laiton s'éparpillaient à perte de vue sur le Walk of Fame, on comptait bien plus de touristes à les piétiner que de noms de stars inscrits entre leurs cinq branches. Chacun posait devant celle de sa célébrité fétiche, s'adonnant à une overdose de photos et autres selfies. Les flashs crépitaient de leurs scintillements éphémères qui se confondaient avec ceux des stars, toutefois moins brillants et patinés par la foule.

Plus discrètement, dans une petite cour jouxtant le trottoir, on s'extasiait devant les fameuses empreintes de mains ou de pieds des stars, figées pour l'éternité.

En ce lieu mythique du cinéma, profitant de la période de la remise des Oscars, les stars ont immortalisé leur passage en laissant une empreinte dans le ciment frais juste devant l'étonnant bâtiment en forme de pagode : le Grauman's Chinese Theatre.

De Marlon Brando à Frank Sinatra, de l'acteur au producteur, des américains aux français, leurs patronymes se succédaient à perte de vue. En effet, tous les badauds ébahis s'esclaffaient comme des gamins au cours d'une chasse au trésor, lorsqu'ils identifiaient les empreintes de leurs idoles.

- Charles Aznavour ? s'exclama un jeune du groupe. Il est là ?
- Effectivement il a eu son étoile en 2017 dans la catégorie « Live performance », lui répondit Benjamin, interrompu en pleine explication par une magnifique Cat Woman pendue au bras d'un gigantesque Superman. Ces supers héros du cinéma accostaient les touristes pour prendre la pose à leur côté en échange de quelques dizaines de dollars. Un business bien rodé avec, dissimulés sous leur tenue moulante, des comédiens capables de parler pratiquement toutes les langues et dotés d'une telle faculté de repérage qu'il était impossible de les éviter.

Une fois les emplettes effectuées dans les nombreuses boutiques aux alentours, les énormes paquets surchargés de babioles sans valeur ayant trouvé refuge dans les espaces de rangement du véhicule, le chauffeur conduisit la joyeuse compagnie sur les hauteurs de la ville, plus précisément à l'observatoire Griffith.

A près de trois cent mètres, au sommet de la ville s'érige un planétarium. Mais les touristes s'y rendent principalement pour la vue panoramique sur Los Angeles. La baie de Santa Monica, le centre-ville et les lettres géantes d'Hollywood enfichées dans la colline sous forme de vaguelette, en font le régal des voyageurs.

Comme on peut les apercevoir dans certains films américains, une enfilade de cars jaunes sinuait sur la route ponctuée de virages à épingle à cheveux, pour se diriger vers l'observatoire perché sur son nid d'aigle.

Vu de loin, la scène évoquait ces maquettes animées miniatures, où l'on craint qu'à tout moment, une des voiturettes à friction quitte son rail et provoque un carambolage fatal aux suivantes.

Les passagers de ce convoi poussif, étaient composés essentiellement d'enfants encadrés par des guides en uniforme. Arrivés à destination, après l'intervention du chauffeur pour actionner le système d'ouverture des portes au bruit caractéristique de puissant et soupirant relâchement hydraulique, les gamins dévalaient sagement les marches du véhicule en ordre deux par deux. Une fois dehors, leur apparente docilité se métamorphosa en une fougue extériorisée par des cris et autres bousculades, toute cette brutale agitation sonore venant percuter la douce plénitude des quelques touristes surpris par l'assaut juvénile. Les encadrants, coutumiers de ces débordements durent à leur tour élever la voix pour canaliser cette énergie débordante et rappeler à la progéniture dont ils ont la responsabilité, de ne pas franchir le périmètre de sécurité qui leur avait été défini dès la sortie du bus.

Malgré l'envie inavouable de certains promeneurs de balancer par-dessus le parapet les plus brailleurs de cette équipée d'impubères, tous admiraient le splendide et émouvant coucher de soleil sur les hauteurs de L.A. Un spectacle hors du commun, donnant l'impression de se fondre à travers les grattes ciels du quartier d'affaires de Downtown, dans une gerbe d'orangés chatoyants enlaçant des rouges flamboyants, préfigurant des épousailles sur fond d'apocalypse.

Mathilda, fascinée par le spectacle faillit presque oublier d'en immortaliser la scène. Reprenant ses esprits, elle dégaina son reflex et mitrailla littéralement avec force prises de vues et vidéos, la fin tragique de ces incandescences qui s'estompaient graduellement, laissant place aux prémices violacées de la nuit naissante. Comme si le générique d'une fin de séance venait de dissoudre la lumière de la salle, l'ensemble du groupe encore imprégné de ce fabuleux panorama se résigna à reprendre en silence la route vers le motel, s'octroyant un petit crochet par Beverly Hills en empruntant Rodéo Drive.

Arrivée à destination, Mathilda remarqua la banalité des édifices hôteliers qui se ressemblaient tous. Le lieu n'était pas des plus accueillants : les peintures des façades étaient défraîchies. Toujours agencés à l'identique, plusieurs blocs d'un seul étage avec un parc au centre, et une piscine pour les plus luxueux, cela donnait un arrière-gout d'un urbanisme à la soviétique. A l'intérieur on retrouvait aussi une organisation répétitive, toujours aux mêmes formats :

Une réception, une salle à manger et une salle de sport que seuls quelques rares adeptes fréquentaient. Mathilda essaya bien d'y aller quelques fois, mais sans grande motivation elle se ravisait au bout de plusieurs minutes. De toute façon, les nuits étaient très courtes, les visites nombreuses et le nombre de pas enregistrés par sa montre connectée dépassaient largement les quinze mille unités. La déculpabilisant rapidement.

Chez Tony's Pizza – Quartier Italien San Francisco Californie - USA

Le Darknet

Aaron dégustait un calzone accompagné d'une bouteille de Chianti, discrètement attablé dans un coin du restaurant italien de son ami Tony qui s'était installé depuis maintenant plusieurs années dans Little Italy, ce quartier pittoresque de North Beach, coincé entre l'immense zone portuaire de la mégapole et le célébrissime Golden Gate Bridge. Dans chaque rue se multipliaient des établissements typiquement italiens, essentiellement des pizzerias, souvent se faisant face sur la même avenue, entrelacés de glaciers, cafés et autres boutiques de vente de produits typiques du pays des macaronis. Toutes les régions de la botte y étaient représentées, depuis la Sicile jusqu'aux Dolomites en passant par les Pouilles et la sublime Toscane.

Aaron observait son assiette en tournant ses grosses bagues noires autour de ses doigts. Ils faisaient virevolter ses têtes de mort dans tous les sens entre deux verres de vin.

- Comment tu l'as trouvé mon calzone ? Tu ne l'as pratiquement pas touché. Il n'est pas bon ?
- Non, non Tony. Succulent comme d'habitude. Ne te fais pas de souci. Je suis un peu contrarié ce

soir. J'ai deux ou trois ventes en cours qui me tracassent, mais sinon rien de grave, au contraire.

- Au moins tu as aimé mon Chianti !

D'un léger regard Aaron ne put que constater le niveau horriblement bas du liquide restant dans la bouteille. Légèrement surpris d'avoir autant bu ce soir.

- c'est grave, j'ai bu sans m'en rendre compte tellement j'étais absorbé par mes pensées.

Le pizzaiolo s'assit à sa table profitant d'un moment de calme dans son service en apportant une bouteille jaune sortie directement de son congélateur.

- Tu sais mon ami, si tu as besoin de quoi que ce soit tu peux compter sur moi. Un souci financier, une personne qui te gêne. N'hésite pas.
- Je t'assure tout va bien.
- Bon dans ce cas goûte-moi ce Limoncello que j'ai préparé cette semaine.

Tony admirait les œuvres de Aaron à un tel point que l'on se croirait dans une simple succursale américaine de sa galerie. Heureusement, quelques drapeaux resituaient les lieux pour marquer l'empreinte de son pays natal.

Après avoir honoré l'alcool de citron de son ami, à multiples reprises (sa recette incluait un zeste de pulpes de mandarine, c'était divin), Aaron décida de rentrer se coucher. Non sans mal ! Déambulant dans les rues, et après quelques détours involontaires, il mit un peu de temps à retrouver sa voiture, disons plutôt son van, une camionnette Volkswagen qui lui servait à charger ses œuvres. Il hésita longtemps avant de tourner la clef de contact, sachant qu'en repliant les sièges, l'habitacle se transformait instantanément en un lit invitant à sombrer dans les bras de Morphée.

En effet, il lui suffisait de passer à l'arrière du véhicule pour dormir, mais il préféra inconsciemment prendre la route malgré son fort taux d'alcool, et bien que sachant que les autorités américaines ne brillaient pas par leur indulgence en la matière…

Malgré quelques craquements de passage de vitesse et quelques effleurements de poubelles, il arriva à bon port certainement accompagné sur son trajet par sa bonne étoile. Il reprit ses esprits dès son passage dans l'arrière-boutique de son magasin pour consulter ses messages qui le contrariaient tant. Il se précipita sur son ordinateur pour se connecter à un site internet particulier qui nécessitait une série de commandes inconnues des internautes néophytes, l'amenant ainsi dans l'antichambre du web : le Darknet. Cette sorte d'internet anonyme lui permettait de communiquer avec de nombreuses personnes, et clients potentiellement intéressés par ses œuvres. Depuis plusieurs jours, il était inondé de messages provenant des quatre coins de la planète, russes, chinois, arabes tous avec des propositions d'achat hallucinantes en Bitcoin, la monnaie virtuelle qui faisait fureur sur les réseaux transgressifs. Il passait des nuits entières à surfer sur ces sites, à communiquer, à échanger avec ses futurs clients internationaux tout comme ce soir malgré son état de fatigue avancé.

La Route 66

Bagdad Café – R66 – Californie - USA

Comme une seule voix un « Good Morniing….. » retentit dans le car alors que son moteur ronronnait déjà, fin prêt pour cette seconde journée d'excursion.

- Bonjour à tous, je vois que vous commencez à prendre goût …. Aujourd'hui nous allons partir en Direction de Laughlin en passant par la route soixante-six. Nous ferons une halte dans un endroit célèbre pour son film. Une sorte de pèlerinage des Français.

Benjamin, après quelques hésitations dans le choix des morceaux, se décida à lancer sa playlist depuis son téléphone lui-même connecté à l'autoradio. Un son de qualité vint répandre ses harmoniques dans tout l'habitacle équipé de petites enceintes disséminées dans le véhicule.

- Bagdad café ! s'esclaffa subitement une voix au fond du bus.

Effectivement à peine s'égrainaient à travers les hauts parleurs, les notes du premier couplet d'une chanson des années sixties que le chauffeur bifurqua dans un nuage de poussière sur un terre-plein de sable et de caillasse ocre au bord de la mythique route soixante-six, invitant de fait les passagers à une première halte matinale. Le site avait une allure de désolation, avec son bar isolé à la façade rouge corail, surmontée d'un toit pentu aux tuiles en bois de résineux, et dont l'enseigne ostentatoire accrochée à une avancée en forme de tipi, elle-même campée sur deux énormes et impudiques poteaux de bois, prenait une allure de pavillon émergeant du désert pour afficher à des kilomètres à la ronde le mythique « Bagdad Café », ouvert sept sur sept.

A l'intérieur de l'établissement qui était bien celui du célèbre film éponyme, tous les clients étaient français. Les murs étaient constellés de cartes de visite, de drapeaux, ou encore de billets épinglés par de nombreux voyageurs qui avaient apposé leur signature ou griffonné quelques inscriptions. Mathilda s'empressa à son tour de signer et d'accrocher un billet de un dollar, en éborgnant Georges Washington de la pointe de son stylo bille. Au moment de le punaiser, les emplacements se raréfiant, elle remarqua que son billet chevauchait en partie, celui de voyageurs de Grenoble, « Sylvain et Nathalie », qui d'après l'inscription étaient passés en 2018.

Le Bagdad café n'avait de café plus que le nom, ressemblant désormais plus à un sanctuaire qu'à un bar. Seule semblait subsister une cafetière posée en bout de comptoir avec le prix d'un dollar inscrit à la craie sur une petite ardoise.

Benjamin expliqua que la propriétaire était une vieille femme «avec une belle âme », c'était son expression. Elle permettait à des sans-abris de travailler dans son commerce pour servir les touristes et leur vendre quelques objets souvenirs, casquettes, teeshirts, polos, tasses....sur le thème du Bagdad Café.

Après cette courte pause, le car se réinséra sur la route soixante-six au son de la musique country totalement appropriée au contexte. Le paysage se fondait dans des nuances de rouge de plus en plus intenses, de grandes étendues de sable effaçant toute urbanisation, à l'exception ici et là, de quelques cabanes de fortune occupées par de pauvres gens dont la misère suintait le long de leurs guenilles terreuses. Des exclus du système, dont le train du rêve américain s'est arrêté à la station « cauchemar »…

Mathilda n'arrivait généralement pas à dormir pendant les trajets, parfois tout juste à s'assoupir quelques instants. Elle se concentrait sur les commentaires du guide qui prenait soin de détailler ses explications à propos de chaque site sans se priver de les assortir de son avis très critique de la société américaine. Pendant que les voyageurs s'accordaient quelques temps de pause à somnoler, elle ne voulait rien manquer de ces villes sorties de nulle part et qui ne se laissent pas apprivoiser facilement. Ces paysages somptueux, aux collines rougeâtres qui se découpaient sur l'azur où le soleil doré jetait ses derniers feux avant de mourir. Ces camions atypiques aux cheminées étincelantes, ces camping-cars gigantesques qui surgissaient de nulle part, mais aussi ces maisons sans clôture ni portail, sorties de terre comme par miracle.

La plupart de ses compagnons de voyage sortirent de leur torpeur lorsqu'ils arrivèrent à l'étape suivante, l'hôtel qui les accueillait pour la nuit. Encore ensommeillés, les passagers portaient les stigmates de leur engourdissement, les marques de vitres ou de vêtements imprimés sur leurs joues, trahissant leur abandon léthargique. Les jambes traînantes, tels des zombies, il leur fallut quelques longues minutes pour retrouver leurs esprits et leur équilibre pour descendre du véhicule.

****

Pendant ce temps, à quelques mètres du bus stationné

- Allo chef, elle vient d'arriver au casino de Laughlin. On a peut-être une chance de la récupérer.
- Vous êtes surs de vous ? Je ne veux pas de problème !
- Oui, c'est simple. A chaque arrêt, le chauffeur leur décharge leurs valises. Elle la récupère pour la mettre dans sa chambre qu'elle partage avec une vieille. Au bout d'une petite heure elles partent manger. On a largement le temps avec Rodrigo. Elle ne s'apercevra de rien.
- Bon OK Sergio, tiens-moi au courant. Mais prends garde à toi si tu te loupes !

Il s'empressa de rejoindre son compère Rodrigo qui l'attendait dans le Jeep avec son cigare au bec frottant son bouc mal taillé.

- On a le feu vert. On passe à l'attaque ce soir pendant le dîner.

****

Mathilda rejoignit sa chambre avec sa colocataire de voyage, Rose, qui faisait partie du groupe des personnes âgées. D'une gentillesse extrême, douce et prévenante, elle partageait la chambre avec Mathilda pour la troisième fois. C'était une compagne de voyage idéale, qui dormait en silence, exempte de tout ronflement, et qui se levait la nuit avec une grande discrétion, sans émettre le moindre bruit.

Le temps de prendre quelques affaires dans sa valise, Mathilda et Rose quittèrent leur chambre pour se rendre au restaurant du Casino. Un gigantesque buffet bien garni, se divisait en îlots au décorum représentatif des grandes nations aux spécialités culinaires emblématiques. On reconnaissait d'un coup d'œil de si multiples variétés de mets asiatiques qu'on ne savait plus comment caser chacun d'eux dans son assiette. A proximité on changeait de continent avec les assortiments mexicains débordant de guacamole et autres piments aux colorations fortement pigmentées, et juste à proximité la diversité des pays d'Europe explosait dans une surenchère de traditions traduites en paellas, pizzas, gratins, jusqu'aux mezzés et autres fruits de mer. Rose, peu encline au changement, mais néanmoins éclectique dans ses choix, respectait un rituel plutôt précis : elle se composait une petite assiette d'entrées de légumes et salades accompagnées d'une soupe légère, histoire de s'ouvrir l'appétit. Puis elle aimait enchainer par quelques spécialités mexicaines, suivies de deux ou trois rouleaux de printemps, selon leur taille. Pour finir, elle s'octroyait quelques petits extras pour le dessert, des fruits et des gâteaux de toute provenance.

Malgré l'abondance des mets, on voyait bien que tout était standardisé. Quelque soit le restaurant, les produits, fruits et légumes compris présentaient le même aspect, diamètre, ou texture, jusqu'au goût qui ne réservait aucune surprise

Ce soir-là, malgré cette nourriture aseptisée, Rose s'est vue obligée d'interrompre son parcours d'étapes de buffet en buffet, suite à un terrible mal de ventre, après avoir absorbé son premier tacos fourré à la guacamole. Elle se vit dans l'obligation pressante de quitter ses convives pour se rendre de toute urgence dans sa chambre. Visiblement les épices mexicaines à base de piments rouges, poivre et coriandre ont remporté leur première victoire sur ses fragiles intestins.

Retourner dans son confortable refuge quatre étoiles s'avéra un parcours du combattant. Tout en comprimant son bas-ventre, elle dut dévaler deux escaliers, traverser la salle abritant de nombreuses machines à sous, contourner tables de black Jack, et roulettes.

Tout cela avec une discrétion hors pair, aucun des joueurs pourtant nombreux n'ayant prêté attention à notre sexagénaire ballonnée, et triturée des tripes.

Sitôt sortie de l'ascenseur, au moment où enfin elle allait pouvoir rejoindre les salutaires toilettes, avant de se rouler dans sa duveteuse couette, elle tomba nez-à nez sur deux étranges personnages sortis d'un film de western avec leurs chapeaux qui s'escrimaient à vouloir ouvrir la porte de sa chambre. C'est le dénommé Rodrigo qui essayait avec concentration de glisser sa carte d'accès sur le boitier d'ouverture de la porte.

- Bonjour, vous avez du vous tromper de chambre messieurs. C'est la trois cent quarante-quatre, précisa Rose.

- Ok ! sorry, it's not there four hundred and four ? répondit, surpris, Rodrigo.

- Non, non pas four mais three, vous avez dû vous tromper d'étage.

Ils eurent juste le temps d'apercevoir les valises à l'intérieur de la chambre sur le lit avant que la porte ne se referme sur eux.

Pendant ce temps, ne voyant pas Rose revenir, Mathilda se décida à suivre le groupe de jeunes après le repas. Elle ne s'en inquiéta pas outre-mesure et tenta d'ailleurs de miser quelques billets dans les bandits manchots. Après plusieurs tentatives, elle s'exclama :

- Cinq cents dollars !!!
- Comment as-tu fait ?
- Je ne sais pas, j'ai rien compris. Trois cerises se sont alignées et la machine s'est mise à hurler. Je me sens en veine ce soir. Je vais essayer une autre machine.

Accompagnée d'une jeune fille du groupe, elle se dirigea vers un nouvel automate. Cette fois-ci, il fallait aligner des grenouilles. Elle introduisit plusieurs pièces de son récipient déjà bien garni, appuya sur la touche maxi pour faire apparaître des grenouilles, des fraises, des abricots, cette fois-ci sans succès. Mais, la tentation étant trop forte, elle s'acharna dans une folle farandole de batraciens, jusqu'au moment où deux d'entre eux s'alignèrent autour d'un abricot.

- Deux cents !!!!!
- Encore, mais tu n'arrêtes pas
- Oui mais je crois que je vais arrêter là pour la soirée. Je préfère garder ma chance au chaud, je vais me coucher, je suis épuisée par toutes ces lumières et musiques.

Notre gagnante n'avait pas l'habitude de se laisser aller aux jeux de hasard, ayant pour principe de garder son contrôle sur les événements. Pour Mathilda la vie n'est pas une loterie à partir du moment où l'on décide de la prendre en main, et il y a déjà bien assez d'incertitudes dans nos parcours pour satisfaire nos velléités aventurières pour ne pas en rajouter. Néanmoins, elle n'en revenait pas d'avoir gagné sept cents dollars par simple chance. Et fière de sa bonne fortune, elle s'empressa de retrouver Rose pour lui narrer ses exploits.

La sexagénaire s'était endormie paisiblement dans son lit à peine défait. Elle ouvrit un œil afin de vérifier la présence de sa compagne de chambrée, avant de sombrer immédiatement dans un processus de récupération digestive salvateur.

- Dors je te raconterai demain matin, la baraka que j'ai eue au casino, murmura Mathilda.

Elle passa la nuit à revoir le fracas des machines, déversant des tombereaux de pièces qui tombaient en cascade dans une frénésie dorée qui ne semblait ne devoir jamais s'arrêter. Un mélange de rêve et de réalité la plongea dans un sommeil perturbé. Des grenouilles se métamorphosaient en créatures jacassantes se gonflant monstrueusement en réclamant des dollars, revendiquant que cet argent était leur propriété, pendant que des abricots réduits en confiture visqueuse dégoulinaient des machines, s'étalant et s'écoulant en un fleuve qui sinuait sur les tapis de l'hôtel. Un cauchemar qui prenait fin en un doux rêve, Mathilda se retrouvant perchée au sommet d'une montagne de pièces, comme Zeus sur le mont Parnasse.

****

A quelques mètres de là, dans une rue adjacente à l'hôtel :

- Chef, on a eu un problème avec la valise.
- Encore ! Il y a eu quoi encore ? un vigile vous a surpris, la police, l'armée ? J'espère que vous avez une excuse valable ?
- Heu, une mamie.
- Quoi une mamie ?
- Une mamie nous a vus au moment de rentrer dans la chambre, patron. On était à deux doigts de prendre la valise.
- Ecoute moi bien, regarde bien ta main, regarde bien tes deux doigts. Si tu te loupes la prochaine fois, tu pourras les chercher dans un caniveau tes deux doigts ! A cause de vous, elle va l'alerter.
- Non, patron, elle est arrivée comme une folle sur nous juste pour nous dire qu'on s'était trompé de chambre et elle nous a claqué la porte au nez. Une vraie folle !
- Ecoute moi bien, vous allez tous les deux suivre ce foutu car. Vous me faites un compte-rendu tous les jours, sans l'approcher. Et sans se faire voir

cette fois. Vous ne tentez plus rien. C'est bien compris ?

- Oui mais….
- C'est bien compris ????
- Ok chef

Le téléphone s'interrompit instantanément, sans la moindre formule de politesse... Sergio regarda Rodrigo en train d'arranger son bouc en frottant ses doigts machinalement dessus, dépité, comprenant l'issue de la discussion.

Seligman

Seligman -Route 66 – Arizona - USA

Le troisième « Good Morninggggggggg» matinal annonça comme un rituel la nouvelle journée du programme, et le signal pour tourner la clef de contact déclenchant le vrombissement rassurant du diesel.

Le car se dirigea vers le célébrissime fleuve Colorado, traversant l'Etat auquel il a donné son nom. Il a, au fil des millénaires, modelé et creusé son lit, laissant un témoignage saisissant d'époques antédiluviennes inscrites sur ses parois. Comme un livre d'histoire où la tranche gondolée de chaque page, sertie de petits coquillages et autres sédiments, des signatures qui racontent l'épisode de chaque couche. Comme les caractères d'un texte dans un manuscrit. En cette saison d'été, le niveau de l'eau étant très bas, la profondeur de la gorge semblait se perdre dans les entrailles de la terre. Le groupe reprit sa trajectoire sur la route soixante-six large à cet endroit, et chauffée à blanc à la vue de plaques de goudron fondant par endroits, pour faire une halte dans une sorte de village réparti de chaque côté de la route.

Bienvenue à Seligman, une bourgade aux devantures colorées, et bordées de voitures américaines, symbole de la croissance américaine des seventies. Avant la création des autoroutes, la route soixante-six permettait de relier Chicago à Santa Monica dans les années 1920, une véritable saignée transversale, festonnée de nombreux villages, présentant autant d'étapes aux voyageurs désireux de s'arrêter pour une pause déjeuner ou pour passer la nuit, avant de reprendre la route. Le déclassement officiel en 1985, développement d'autoroutes oblige, marqua un coup fatal pour ses nombreux commerces. Ce fut une véritable tragédie, des zones fantômes se substituant à ces villages étapes si animés. Seligman en était un vestige, à l'époque un des nœuds ferroviaire et routier les plus fréquentés, et maintenant réduit à un quasi statut de musée.

Musée que l'on pourrait qualifier « à ciel ouvert » quand on contemple les vieux garages décorés de tacots des années cinquante, comme les pickups Ford, des anciennes voitures de shérif, d'ambulance, ou les notoires pompes à essence rouges qu'on a tous en mémoire tant elles sont un des symboles d'une époque relayée par les films américains. Pour compléter le tableau, des hordes d'Harley garées devant les boutiques, dont les propriétaires, en grande majorité des allemands et des français, ressuscitaient ces années disparues dans un road trip en moto. Une activité en pleine expansion qui faisait les choux gras de nombreuses agences de voyage.

Le guide invita ses compagnons de route à entrer dans un « barber shop ». Il était tenu par un certain Angel Delgadillo, un véritable barbier, pas tout à fait un inconnu. Car après avoir lutté pour redonner ses lettres de noblesse à la « R66 », il la gratifia du statut de site historique. Fort de sa notoriété, sa boutique ne désemplissait pas, elle était devenue une attraction pour des touristes de toute la planète, qui prétextaient juste vouloir se faire tailler la barbe.

Rose, remise de ses péripéties intestinales, avait retrouvé son appétit lors de la pause de midi dans un restaurant typique. Le burger maison avec ses frites ne suffit cependant pas à combler le vide de ses boyaux privés de leur ration de la veille. Ce qui suscita chez elle une frénésie mandibulaire, laissant s'échapper quelques échantillons de sauce à chaque bouchée, qui venaient soit s'étaler sans complexe sur la nappe jusque-là immaculée, soit restaient suspendues à ses rares et drus poils de barbe naissante, comme des stalactites qu'on croit prêts à se détacher, mais qui défient toutes les lois de la gravité, en restant fermement arrimés à leur tuteur pileux malgré les oscillations énergiques déclenchées par ses mouvements de mâchoires avides. Tout cela en écoutant les exploits de Mathilda défiant ses généreuses machines à sous. Celle-ci commençait d'ailleurs à esquisser une légère moue de dégoût devant le spectacle répugnant des bâfrements de sa consœur, jusqu'à en perdre le fil de son histoire, au moment même où Rose abandonna un filet de sauce qui avait fini par lâcher prise et s'était propulsé avec virtuosité dans le verre de Mathilda.

Une fois cet épisode terminé, la serveuse apporta une grande cafetière en inox, destinée à remplir sa tasse de son jus aux arômes capiteux. Le breuvage était léger, avec des fragrances subtiles de brûlé, mais aussi de vanille et de praliné, rien à voir avec le café du restaurant de chez Mario à Paris qu'elle prenait habituellement avec ses deux copines. Justement de penser à elles lui donna envie de prendre quelques nouvelles de son amie Agatha et indirectement de sa propre chatte.

Elle profita de la Wi-Fi du restaurant pour lui envoyer un message sur son application WhatsApp :

« Un petit coucou Agatha, en dégustant un super méga Burger. J'espère que tu vas bien, bisous à ma petite Chipie » avec une photo du succulent burger.

Elle attendit une réponse de sa part mais elle réalisa qu'avec un décalage horaire de plus de 7 heures cela semblait compromis, d'autant que Agatha n'avait pas pour habitude de se lever (mais plutôt se coucher) à 6 heures du matin. Elle se réconforta en dégustant un cookie parsemé de pépites de chocolat.

Grand Canyon - Arizona - USA

Grand Canyon

Aujourd'hui la petite bande de globe-trotters était bien dissipé. Après trois jours de circuit, le groupe se détendait, et commençait véritablement à prendre ses aises. Un « Good Mornnnnnnninnnnng » encore plus retentissant que d'habitude s'éternisa sur sa dernière vocalise en engloutissant le « g » final, et les accents du sud bien caractéristiques des marseillais bien installés au fond du car, mixés aux phonèmes anglo-saxons, firent éclater de rire toute la joyeuse compagnie.

Chacun avait maintenant créé des liens d'affinités. Mathilda prenait désormais du bon temps avec les jeunes garçons, notamment le soir après une nourrissante escale au restaurant, pour baguenauder aux alentours de l'hôtel sans leur éternel guide. En revanche, dans la journée, elle côtoyait plus volontiers les personnes plus âgées car, comme elles, Mathilda aimait prendre son temps pour découvrir les différents sites, mais aussi pour écouter avec intérêt les exposés érudits de Benjamin.

Aujourd'hui Mathilda était impatiente de découvrir le grand Canyon, visite majeure inscrite au programme de la journée. Pour s'y rendre il fallait franchir une immense forêt où se succèdent pins, trembles et genévriers, une zone fédérale protégée, dont l'entrée matérialisée par une barrière, était gardée par des rangers. Leurs uniformes verts avec le chapeau beige rappelaient les personnages de ce vieux dessin-animé, Yogi l'ours. D'ailleurs, son effigie ornait les panneaux en bois de recommandations et autres interdictions visant à la protection de ce joyau boisé du patrimoine naturel.

Ils furent tous invités à s'extraire du car, qui venait de stationner sur un grand parking envahi de touristes chinois. Côté équipements, les marseillais n'avaient d'ailleurs rien à envier. Ils avaient tout loisir d'exhiber leurs perches à selfies, leurs appareils photos avec téléobjectif. De toutes façons, asiatiques ou méditerranéens, tout suréquipés qu'ils soient, ils ne purent que mesurer leur degré de frustration en découvrant les nombreux panneaux d'interdictions prohibant tous ces artifices numériques, symbolisés par des pictos barrés d'un trait rouge. Les fameuses pancartes en bois avec l'ours Yogi qui les nargue avec son sourire goguenard. Ethan ne regretta pas de ne pas avoir apporté son drone. Lui qui était passionné de montage vidéo et de haute technologie avec son jouet aérien.

Le canyon, sillon démesuré, s'avérait d'un gigantisme époustouflant dont aucune photo ou vidéo n'était en mesure de révéler l'ampleur. La roche grignotée au fil des millénaires par le fleuve Colorado s'était par endroits façonnée en cavités de plusieurs centaines de mètres de profondeur. De leur poste d'observation, les touristes ne pouvaient qu'être impressionnés par la hauteur vertigineuse. Mathilda croisa le groupe des marseillais qui l'invitèrent spontanément à se joindre à eux pour se balader le long de cette monstrueuse cicatrice rocheuse. Elle aimait bien leur compagnie, toujours joviale, ne ratant pas une occasion à se chambrer les uns les autres. Sur les hauteurs, au bord du célèbre gouffre, chacun souhaitait faire sa pose photo. Suivant le soleil le paysage arborait des couleurs différentes.

- Tu veux descendre avec nous, on a trouvé un chemin qui permet d'aller tout en bas du Canyon ? Proposa l'un des marseillais.
- Pourquoi pas, vous êtes sûrs que cela ne craint rien ?
- Mais non. Viens avec nous.

Voici la petite équipée partie sur le chemin balisé et plutôt abrupt. De nombreux touristes l 'empruntaient, mais plus le sentier descendait vers le lit de la rivière, moins il y avait de monde. Mathilda n'était pas rassurée. Elle était d'autant plus fébrile que de nombreux panneaux indiquaient un potentiel danger de mort...... Heureusement le guide était expérimenté et prudent. Il gardait un œil vigilant sur son équipe de randonneurs amateurs, anticipant les moindres gestes de chacun d'entre eux. D'ailleurs le risque devenant sérieux, il décida de leur faire signe du haut de la falaise et vint les rejoindre.

- N'allez pas plus loin, malheureux. Ce ne sont pas les Calanques de Cassis ici ! Le problème de ces chemins c'est qu'il faut un à deux jours pour descendre et remonter. De nombreuses personnes partent sans eau, comme vous d'ailleurs. Vous n'avez pas une réserve de flotte ?

- Non

- Vous savez, les gens rebroussent chemin lorsqu'ils sont fatigués, et n'ont plus les ressources nécessaires pour remonter. Alors comme j'ai promis qu'on allait tous revenir ensemble à l'aéroport, vous allez remonter avec moi illico !

Personne ne se permit de contester les reproches de leur guide. Mathilda et ses désormais nouveaux amis marseillais, le suivirent tels des enfants qui venaient de se faire vivement recadrer par leurs parents. Bon bougre et sans rancune, Benjamin les invita à l'accompagner sur les hauteurs du canyon jusqu'à une cabane aménagée en musée, débordante d'objets de trappeur dont, en devanture, un rocking-chair, en bois foncé, usé par des générations d'arrière-trains de trappeurs. Une petite halte salutaire pour se remettre de ce périple sacrément oppressant, se dit Mathilda en son for intérieur.

La boutique, San Francisco

Quartier Castro – San Francisco – Californie - USA

Lorsque la sonnette de sa boutique crépita de son tintement d'asthmatique, et que la porte s'ouvrit simultanément dans un grincement crispant, laissant le passage à une sémillante jeune femme qui se dirigeait d'un pas décidé vers les nombreuses toiles accrochées au mur. Aaron un peu hébété, abandonna momentanément ses délictueuses transactions d'arrière cuisine sur son fameux internet secret.

La belle créature, brusquement immobile devant une toile, contemplait fixement le visage de Marilyn

Monroe, une des nombreuses déclinaisons du célèbre portrait du fameux Andy Warhol

Marilyn - 2019 – taille 100/100 cm - Michel Maldera

- Bonjour Madame, se présenta Aaron
- C'est vous qui l'avait peinte, cette toile ?
- Oui, elle m'a pris beaucoup de temps.
- Vous pouvez m'en dire plus ?

Aaron, passionné par son art, peignait à l'instinct, mais par une approche conceptuelle. Il pouvait passer des heures à détailler ses œuvres, expliquer sa démarche picturale. Il reconnut sa prédilection pour les sujets féminins, des femmes célèbres comme des inconnues. Il s'est montré très convaincant et didactique pour exprimer toute la grâce dans les courbes des corps ou des visages qu'il tentait de sublimer par quelques coups de pinceaux adroitement esquissés et les couleurs dont les nuances cohabitaient harmonieusement. Cette toile était d'ailleurs l'une de ses préférées. Il avait pour elle un attachement particulier, pas question de la brader, quitte à sélectionner ses acheteurs.

- Elle vous intéresse ? Se risqua-t-il.
- Franchement je l'adore. Je la veux absolument. C'est pour l'offrir à ma mère pour ses soixante-dix ans. Son appartement est rempli de Marilyn. Elle a commencé par acheter un simple cadre pour sa cuisine et depuis elle parcourt les vide-greniers à la recherche de la perle rare. Mais là, je crois qu'elle l'a trouvée. Dites-moi son prix !

Aaron, séduit par les arguments de sa cliente, se dit que son œuvre au style pop art, entourée de toutes ses répliques, avait vraiment trouvé son foyer.

Il était persuadé qu'elle était la reine de ses toiles. Il accepta de la lui céder pour cinq cents Dollars, même si chaque vente constituait un déchirement pour lui. D'ailleurs s'il avait affaire à des acheteurs qu'il estimait déplaisants car plus soucieux de leur standing que de leur plaisir, il lui arrivait de refuser une vente sous prétexte que l'œuvre était réservée. A se demander comment il arrivait à vivre de son négoce, et par quels moyens, il réglait ses factures et le loyer de son officine ?

Bien entendu, Aaron ne se contentait pas de ses activités de galeriste, avec des ventes sporadiques de tableaux dont la totalité de la valeur dépassait à peine le prix d'une sérigraphie de Keith Haring. Sa modeste galerie ne représentait que la surface émergée de l'iceberg. L'arrière-boutique quant à elle, abritait des activités plus sombres, et bien plus lucratives. Le temps passé dans son sous-sol équipé de matériel informatique dernier cri, et éligible aux technologies réseau les plus performantes, il le consacrait à gérer à distance de nombreuses affaires basées sur des ventes ou des échanges de divers «objets». Difficile de savoir quels articles étaient l'objet de ces mystérieuses transactions, tant il était discret sur ce sujet. Contrairement à ses toiles pour lesquelles il était intarissable et argumentait sans modération, il émettait en revanche une réserve totale sur ses autres activités, dont même ses plus proches amis ignoraient l'existence. Un tel silence assourdissant sur ce volet de sa vie finissait d'ailleurs par nourrir de telles suspicions, qu'il finit par éveiller la curiosité des autorités fédérales. A vrai dire, son concurrent principal installé sur la même avenue que lui, avait un peu contribué à aiguillonner leurs interrogations en évoquant des soupçons à un ami qui avait un collègue qui fréquentait un membre de l'agence. Ce même concurrent le saluait tous les jours, avec une courtoisie compassée. Une enquête avait été aussitôt diligentée par le F.B.I. l'année précédente, mobilisant toute une équipe d'acharnés éplucheurs de ses comptes en banque et de ses documents comptables, sans oublier ses disques durs scrutés, analysés, expertisés. Mais fort heureusement pour Aaron, pas la moindre trace de transactions douteuses ou d'incohérences numériques, à peine quelques photos de nu artistique de Marilyn et autres stars du même acabit. Bref, rien d'illégal, même si le train de vie du vendeur de toiles ne correspondait pas à cette seule activité. Néanmoins, sans preuves tangibles, ils furent obligés de clôturer le dossier.

Par ailleurs, Aaron avait effectué de nombreux voyages aux quatre coins de la planète qui, en principe nécessitaient un budget conséquent. Mais il prétextait que ses dépenses étaient réduites et justifiées par des invitations tout frais compris grâce à de généreux clients ou amis. Il prétendait que ces déplacements étaient vitaux pour lui, sources d'inspiration indispensables à ses aptitudes créatrices. Officiellement, Il avait juste son van VW, contrairement aux quelques véhicules de luxes garés dans un box loué en espèce à son ami Tony. Son habitation était modeste sans trace de richesse et ressemblant à un appartement témoin.

Il revenait d'Inde, partie en quête d'exaltation exotique, à la rencontre de tigres ou d'éléphants. Il racontait à tous ses potes qu'il avait découvert ces pachydermes artistes qui exécutaient des toiles figuratives, maniant le pinceau tenu par la trompe avec une stupéfiante dextérité. Mais une fois débarqué à Bengalore, direction Goa, c'est plutôt à la rencontre de jeunes filles semblant tout droit sorties d'un catalogue de mode, qu'il s'orienta, bien loin de ses aspirations à s'immerger au milieu de la faune sauvage. Contrairement à son discours officiel, il s'était offert une des plus belles suites dans un des palaces qui s'alignaient à foison le long des plages du sable blanc.

Le programme n'avait rien d'original, une banale vie de jet setter tropézien, ponctuée de rave party, de house musique régulièrement parasitée par des déflagrations de bouchons de magnum millésimés, bien fourni en ecstasy, coke ou autre LSD, les classiques dopes de la fête qui circulaient sans complexe. Et dans ce qu'il restait de jour avant que le soleil s'éclipse, quoi de mieux que des virées en jet ski pour aérer les neurones malmenés. C'était aussi l'occasion de rencontrer ses contacts du Darknet, qui pour la plupart, devenus complices de ses longues nuits de débauches, habitaient dans les endroits les plus prestigieux du globe. Il lui arrivait de se réveiller auprès d'une ou plusieurs demoiselles russes dont il ignorait le nom autant que la chambre où il se trouvait.

Au retour de ses voyages il mettait parfois plusieurs semaines à s'en remettre, à s'inventer un scénario bidon mais toujours crédible, et à reprendre le rythme terne de sa vie de vendeur de boutique, qui ne vend rien ou presque. Ce dernier séjour l'inspira néanmoins pour entreprendre de dessiner un magnifique vieil homme hindou sur une toile de tissu. Qui douterait qu'il n'avait quasiment rencontré aucun indien, si ce n'est celui photographié sur cette ancienne carte postale qu'il avait récupérée sur ses lieux de débauche ?

Son talent cependant n'était pas factice, et une fois installé dans son atelier, un renfoncement au fond de la boutique sans fenêtre ni porte, et à la vue des clients, il commençait par reproduire sa photo au crayon puis par peindre en plusieurs couches successives. Une technique à la Sfumato, inspirée de Vinci. Puis il accentuait le relief au couteau, par petites touches successives appliquées avec parcimonie.

Ce jour-là, pris d'une fièvre créatrice, il travailla toute la journée et une grande partie de la nuit sur le portrait de son vieil Hindou, oubliant même de manger mais pas de vider les quelques bières esseulées du frigo. Petit à petit la face du vieil homme se révélait au gré des coups de crayon et de pinceaux. On distinguait maintenant nettement les contours de son visage et de son turban, le relief dû aux amas de peinture se détachant du léger et estompé fond gris. Satisfait de ses efforts, « un bon début » pensa-t-il, Aaron estima à deux ou trois jours de travail pour terminer son tableau. Sachant que le rythme dicté par son inspiration et son désir pouvait le conduire parfois à une conception de plusieurs semaines, cette évaluation pour achever cette toile lui parut très raisonnable. Jetant un coup d'œil à son portable, il remarqua l'heure tardive, et se résigna à aller se coucher.

Monument Valley

Monument Valley - Arizona - USA

Good Morninnnnngggg. Un Good Morning, un peu moins appuyé que celui de la veille (nos marseillais auraient-ils un petit coup de mou ?), annonce le lever du soleil et le départ de la troupe en goguette, toujours avide de sillonner l'American West et de vérifier que tous ses célèbres sites existent bel et bien pour de vrai, et pas seulement dans les films et les reportages.

- Aujourd'hui c'est une journée particulièrement chaude. Nous allons rentrer sur le territoire des

Navajos. C'est une communauté descendant des indiens d'Amérique qui a gardé les traces du passé, annonça le guide, histoire de mettre en appétit nos gringos gaulois.

Il enchaîna :

- Nous allons parcourir des pistes réservées aux 4x4 à travers les nombreuses collines de Monument Valley. En fin de parcours nous irons partager un repas avec les Navajos encore résidents des lieux.

Après avoir avalé une poignée de miles, l'autocar stationna sur le haut de la pente d'un parking gigantesque encombré de voitures de rangers, ce qui démontre que la forêt est bien contrôlée, et aussi des cars, notamment de touristes asiatiques dont la main droite de la plupart d'entre eux est équipée d'une prothèse télescopique, vulgairement affublée du terme franco-anglais de perche à selfie, qui photographient, tout et n'importe quoi, sous toutes les coutures, ou plutôt sous tous les pixels.

Comme un cadavre recouvert par une armée de fourmis rouges, puis transformé après son passage en squelette parfaitement décapé, la boutique de souvenirs fut dévalisée par ce péril jaune à écrans portatifs, où seuls quelques articles mal étiquetés subsistèrent dans les rayons dévastés. Quant aux WC, les seuls aux alentours, les femmes les prirent d'assaut (sur les conseils du guide), dans un véritable ballet de cascades de chasses d'eau, d'agonies de distributeurs de savons, ou de vrombissantes souffleries de sèche-mains.

Les dernières ablutions expédiées, le groupe se dirigea vers une file de cinq 4x4, de gros véhicules aménagés avec deux rangées de sièges à l'arrière, dépourvus de toit pour permettre une vision à trois cent soixante degrés. Deux indiens autochtones étaient aux commandes, n'hésitant pas d'un pied généreux à saturer l'atmosphère de gaz d'échappements, indifférents aux fumées grisâtres et nauséabondes qu'ils produisaient dans cet environnement majestueux.

Mathilda s'installa avec le groupe de Rose, sa partenaire de chambrée, tous aussi âgés qu'attachants. Dans un paysage grandiose, la route déroulait son ruban de bitume à perte de vue. Le car s'était engagé dans une descente impressionnante, digne d'un grand huit, une attraction que Mathilda adorait quand elle était enfant. Les mamies, en revanche, ne semblaient pas partager les mêmes sensations, et s'agrippaient à toutes les poignées disponibles en criant comme si on les précipitait dans les entrailles fumantes de l'enfer. Mais, une fois leur premier affolement passé, elles riaient brusquement aux éclats, se libérant comme une catharsis, de leurs pulsions émotionnelles incontrôlées. Seuls le conducteur et le copilote restaient stoïques, le regard figé sur l'horizon, le visage marmoréen, la parole évaporée.

Le guide les avait avertis sur ce trait de caractère caractéristique des Navajos. Il les avait décrits tels des individus peu loquaces, avares de toute expression émotive, aux visages impassibles, qui ne laissaient rien entrevoir de leur état d'esprit impossible de deviner s'ils sont heureux ou malheureux.

Pour mieux illustrer son propos, il parodia :

- Un fou rire chez un Navajo, c'est ça. et il esquissa un imperceptible et fugitif plissement de la lèvre droite.

Ils roulaient désormais au milieu d'un paysage lunaire. L'érosion des roches avait façonné un paysage fantomatique, constellé de gigantesques et féeriques cathédrales de grès rouge, certaines aux flèches élancées tutoyant un ciel bleu électrique, d'autres aux allures de mausolée, sans doute celui d'un géant tout droit sorti d'un conte de Jonathan Swift.

Ces monuments d'ocres sculptés par les vents du désert dévoilaient d'infinies variations de formes évocatrices suivant l'orientation des rayons dardants du soleil et de la position des gros pickups.

Quittant la piste, les taciturnes Navajos bifurquèrent pour atteindre un plateau révélant un panorama où terre et ciel fusionnaient sur un horizon parcimonieusement obstrué par ces buttes et ces pics, véritables sentinelles du désert, et quintessence de l'ouest américain. De quoi justifier un arrêt et laisser crépiter tous les déclencheurs photographiques, immortalisant ces stars de pierre pour l'éternité.

Les Indiens propriétaires des stands de souvenirs installés dans ce no man's land, proposaient : attrapes-rêves en plume, bijoux ornementés (certains à l'effigie de Geronimo), tomahawks rustiques, et divers objets manufacturés.

Mathilda toujours en quête de souvenirs pour ses amis et sa famille, s'enticha de ravissants bracelets en corde tressée à douze Dollars, sertis de perles turquoise et censés porter bonheur. Elle en prit plusieurs qu'elle régla avec sa carte de crédit grâce à un terminal sans fil et dernier cri, comme dans un supermarché de centre-ville. Le business s'accommode de tout et s'adapte aux circonstances avec une facilité stupéfiante, y compris dans ce cadre aride où le temps semblait s'être arrêté.

Le convoi de 4x4 reprit la piste laissant défiler ces images surnaturelles qui s'offraient encore et encore aux passagers subjugués par cette féérie. Une débauche de chefs d'œuvre de dame Nature, dont on ne pouvait se lasser. La procession mécanisée fit une nouvelle halte, cette fois-ci destinée aux estomacs en souffrance. Un paysage apaisant s'offrait au regard : des chevaux sauvages broutaient de rares brindilles d'herbes, le long d'un petit ruisseau dont on se demandait bien à quelle source il s'alimentait.

Au milieu de cette plaine enchanteresse, émergeait une grande cabane à usage de cuisine, ceinturée de tables et de bancs en bois, eux-mêmes abrités par une sorte de pergola dont la fonction première était de préserver la clientèle de l'intensité du soleil.

Comme au self, chacun se munissait d'assiettes et de couverts, avant de s'orienter vers le buffet et charger leur précieuse écuelle des spécialités locales servies par les Navajos eux-mêmes. Ce soir-là, au menu, le plat principal mitonné dans une grosse marmite se composait de haricots rouges, une déclinaison indienne du chili con carne, le tout accompagné de galettes de maïs.

Fidèle à leur caractère d'une légendaire sobriété les indiens assuraient le service et se limitaient à un léger et furtif sourire au moment de garnir les assiettes. Le dernier touriste servi, ils débarrassèrent illico leurs marmites et ustensiles, pour abandonner le groupe à ses agapes en plein désert, profitant du spectacle donné par le soleil qui projetait un florilège de jeux de lumières sur les parois avoisinantes. Mathilda s'attarda à la table de Rose et ses copines, amusée par leur dialogue de sourds. Un peu en retrait de leurs échanges, en les écoutant, elle s'imaginait au cinéma ou au théâtre avec une scène éclairée par l'astre déclinant, et un repas tourné en une séquence loufoque où les comédiens rivalisaient de malentendus.

Comme cette savoureuse conversation :

- Vous aimez ce plat ?

- Quoi ? Ah ! De L'eau plate ?
- Elle dit quoi ?
- Qu'elle est à plat, je crois
- Non elle demande si le plat est bon ….

Il n'y avait aucune raison d'en faire un plat, d'autant que lorsqu'elles réalisaient leur méprise, elles en riaient aux éclats. Leur bonne humeur finit par rallier les Marseillais autour d'elles, puis tout le reste de l'équipe finit par les rejoindre. Cette fusion en une seule et unique tablée, réjouissait le guide épaté de cette bonne ambiance. Il prit la parole :

- Les amis, je profite que vous soyez tous disponible pour mieux vous faire découvrir les lieux. Nous sommes dans le site Monument Valley. Les Navajos ont nommé certains rochers par des noms d'animaux ou de personnes. Je vous laisse les observer et deviner leurs noms. Pour les fans de western, je vous laisse aussi trouver le nom du film qui fut tourné ici.

Ses propos déclenchèrent un brouhaha, personne ne se fit prier pour se prêter au jeu. Chacun cherchait ce que pouvait lui évoquer tel ou tel rocher, y percevant parfois un ours, un lion, un cheval, ou encore une tête de mort.

- Regarde celui-là on dirait notre guide Benjamin, le même nez, la même forme du visage, s'exclama brusquement un des marseillais très convaincu de sa trouvaille.

D'autres, plus disposés à faire appel à leur culture qu'à leur imagination, citaient des films avec John Wayne ou Charles Bronson, les plus jeunes comme Mathilda restant perplexes face à ces références issues d'une autre génération.

A la fin du repas, Benjamin les invita à se réunir autour de lui afin de leur expliquer la signification donnée aux formes rocheuses qui ornementent le paysage environnant.

- Au fond sur la gauche on peut apercevoir un rocher en forme d'indien assez massif. On l'appelle le Grand chef indien. A sa droite c'est l'aigle impérial, on image facilement son bec et ses ailes dessinant virtuellement de son doigt pointé les formes qu'il décrivait. De l'autre côté vous voyez l'œil qui pleure avec ce cercle et les quelques traces qui laissent imaginer des larmes ruisselantes. La forme du rocher plus proche de nous représente trois sœurs. Si vous fixez votre regard vous les découvrirez côte à côte. Et la dernière que je connais c'est celle de droite à l'aspect de chaussure ; c'est la botte de cowboy.

- Et pour les films, lesquels ont été tournés ici ? S'enquit Jacques un du groupe des anciens.

- Je vous laisse réfléchir encore un peu, le temps de revenir au car.

Le convoi quitta la plateforme au profit de chemins caillouteux et poussiéreux, croisant, comme sortis de nulle part des chevaux de randonnées montés par des touristes autonomes. En effet, rien n'interdisait de parcourir ces grands espaces avec sa propre voiture, ou sa propre monture. Néanmoins certains périmètres sont privés et réservés aux indiens Navajos, les seuls autorisés à les franchir et à approcher au plus près les roches rougies par l'oxyde de fer.

Une dernière halte sur un terre-plein permit d'admirer dans un silence monacal un soleil couchant arborant des rouges flamboyants, un spectacle saisissant, l'impression de découvrir des plaines martiennes (mais Mars n'est surement pas aussi fantastique !).

Le groupe, un peu groggy, par autant de splendeur que de secousses provoquées par les véhicules qui se déhanchent dans une salsa de caillasses et de nids de poules, repartit vers sa nouvelle destination laissant derrière lui l'esprit des grands chefs indiens, à jamais gravés dans le grès rouge.

- Les amis, avez-vous trouvé les films concernés par ses lieux si emblématiques ? questionna subitement Benjamin avant que son équipée pique du nez.
- Il était une fois l'ouest ? cria Ethan du fond du car
- Bien, ... D'autres ont une idée ?
- La chevauchée fantastique ?

Vente d'objets indien sur le plateau de Monument Valley - Arizona - USA

- Parfait, Ethan. Même si tu as dû te faire aider de ton nouvel ami Google. Laisse un peu de chance au reste du car.
- La charge héroïque ? Tenta Anne
- Vous êtes des champions. Effectivement, Il y a eu des westerns comme « La chevauchée fantastique », « la charge héroïque », « la prisonnière du désert », « il était une fois l'ouest », mais aussi des films bien plus récents comme « L'odyssée de l'espace », « transformer quatre » et même des séries comme « Supercopter »…. Pour les geeks et les plus jeunes, il y a eu un jeu vidéo, « The Crew », où l'on peut parcourir le site en se déplaçant virtuellement.

Passé ce petit intermède ludique et culturel, l'éclairage du car passa en mode veilleuse, et glissant sur l'asphalte comme une péniche suit les méandres d'un canal, le véhicule termina sa course dans un ultime geignement du moteur surchauffé, face au motel, clôturant ainsi le périple navajo.

Avec un calme déroutant, la rétine encore imprégnée de cette journée féérique, quasiment sans mot dire l'équipée s'engouffra dans le hall de l'établissement, réquisitionnant les lourds fauteuils de cuir vernissé. Même les truculents marseillais s'enfoncèrent dans un canapé d'angle et dans un mutisme qui ne leur ressemblait pas.

Le lendemain matin, tous se retrouvèrent pour le rituel petit déjeuner-buffet complet, exceptée Mathilda qui avait choisi de prolonger de quelques minutes son sommeil, lovée au fond d'une couette douillette. Elle s'offrait cette entorse au programme, quitte à se soustraire de la compagnie de ses camarades et s'abstenir de son café-croissant. La journée de la veille s'était avérée épuisante, les oscillations des amortisseurs des 4x4 avaient eu raison de ses vertèbres, et ses muscles endoloris témoignaient encore de l'intensité du raid sur piste accidentée. Elle éprouva quelques difficultés pour déplier son corps et se projeter en direction de la salle de bain. Comme elle l'avait souvent remarqué dans la région, la douche coulait avec une pression si puissante que toute tentative de réglage du débit était vouée à l'échec. D'autant que les pommeaux, intégrés dans le mur comme dans la plupart des motels, ne facilitaient pas ce type de manipulations. A croire que les américains ne payent pas l'eau, et cherchent encore moins à l'économiser dans cet environnement aride.

Pendant ce temps, Rose qui ne se risquerait pas à renoncer au sacro-saint buffet matinal entamait son traditionnel parcours entre les îlots regorgeant de denrées toutes plus alléchantes les unes que les autres. Le circuit relevait d'une organisation quasi militaire. Son top départ était l'appareil à toaster son pain spécial, vers lequel elle se dirigeait en se dandinant frénétiquement, de peur sans doute que le très convoité grille-pain soit pris d'assaut par ses congénères coutumiers de la biscotte croustillante. Une fois l'opération engagée, dans l'attente du petit pain doré à point, elle jetait son dévolu sur la machine à café pour se remplir une grande tasse dans un double grognement (son estomac en souffrance et le percolateur à bout de souffle), tout en garnissant copieusement de confiture au sirop d'érable la plus grande assiette disponible.

Une fois ces petits en-cas engloutis, elle repartait au combat pour une seconde passe, mais en changeant son itinéraire. Cette fois, c'est le salé qui était à l'honneur : jambon, salami, œufs durs et au plat, fruits frais se bousculaient sur le plateau, jusqu'à la limite de la chute, le seul argument pour la freiner dans sa moisson. Ses convives de tablée s'interrogeaient avec stupéfaction sur ses capacités digestives. Rose, pas dupe, ressentait leurs regards appuyés, presque outrés, ce qui l'agaçait singulièrement, et l'empêchait de s'accorder une troisième tournée.

Quelques étages au-dessus, alors qu'elle terminait de prendre sa douche, Mathilda entendit le bip caractéristique de la carte d'accès de la porte.

- Tu as fini de déjeuner, Rose ?

Mathilda n'eut comme seule réponse qu'un chuintement de porte délicatement refermée, suivi d'un bruit de pas feutrés, qui s'éloignaient néanmoins hâtivement. Un peu tourmentée par ce qui ressemblait à une intrusion, elle se précipita dans le couloir, juste à temps pour apercevoir deux ombres fugaces disparaissant dans la cage d'escalier. Sous le choc, Mathilda, dubitative sur l'intention de cette irruption, s'adressa à Rose qui revenait tranquillement, et un peu ballonnée, par l'autre entrée, celle donnant accès à la piscine de l'hôtel.

- Rose la porte s'est ouverte, je pensais que c'était toi. Et deux individus se sont enfuis s'apercevant qu'il y avait quelqu'un dans la chambre.

- Tu penses qu'il s'agit de voleurs ? Si c'est le cas, il faut en parlait à Benjamin au plus vite.

- Oui, heureusement que je suis restée dans ma chambre.

- C'est fou, l'autre jour deux gars se trompent de chambre lorsqu'on était au casino, et maintenant même scénario, ici-même. Si cela se trouve, c'est les mêmes, à croire qu'ils veulent nous voler nos sous-vêtements .....

- Arrête de plaisanter, j'ai eu trop peur, je t'assure. J'en tremble encore.

- Allez viens ! Le car nous attend. On en parlera avec notre guide suprême !

Mathilda était contrariée par cette mésaventure malgré les propos rassurants de Benjamin qui d'emblée minimisa les faits. Surtout qu'aujourd'hui, elle allait vivre une journée particulière.

Une fois les valises chargées, les formalités hôtelières réglées, le car prit la direction du Lac Powell, un immense lac artificiel apparu après la construction du barrage de Glen Canyon sur le Colorado. Cette étendue d'eau est la deuxième du pays avec trois cents kilomètres de long. Il tient son appellation du major John Wesley Powell qui fut le premier homme à descendre le Colorado, en 1869.

Ethan, un jeune homme du car exposait sa recherche Wikipédia dès les premiers kilomètres :

- On y compte pas moins de quatre-vingt-seize canyons aux rochers teintés d'ocre et rouge. Les Navajos y conduisaient toujours leurs troupeaux de moutons afin qu'ils puissent s'abreuver de son eau fraîche. Mais l'intensité de la sécheresse, associée à une consommation sans retenue et en constante augmentation, épuise la précieuse ressource, son niveau atteignant des bas historiques……….

Benjamin fit une première halte sur le tarmac d'un petit aéroport pour déposer Mathilda et deux autres jeunes filles, avant de poursuivre sa route vers un autre site inscrit au programme du jour. Anne et Chloé, deux copines parisiennes qui comme Mathilda s'étaient offertes ces excursions à travers l'Ouest-Américain, avaient réservé une option dans l'offre de séjour : un survol panoramique du lac en hélicoptère. Toutes trois se rendirent au comptoir de réservation munies de leur passeport et attendirent sagement leur tour. Dans la file d'attente, Mathilda observait du coin de l'œil ses deux complices candidates à la virée aérienne. Elle les découvrait seulement aujourd'hui, s'étonnant de ne pas les avoir remarquées depuis le début du périple. Leur comportement relevait de l'extrême discrétion, elles évitaient depuis le début de se mélanger aux autres voyageurs, comme si elles craignaient de devoir partager leurs impressions avec eux C'est une partie de leurs souvenirs qui leur serait confisquée.

Anne, une jolie brune sportive aux yeux verts et Chloé cheveux blonds et iris bleu azur, mesuraient toutes deux la même taille. Approximativement un mètre soixante-quinze, évalua Mathilda très vigilante sur la taille des gens.

Tenant toujours à rester ensemble, toutes les deux se placèrent à l'arrière de l'hélicoptère, libérant à l'avant une place de choix à Mathilda, celle dédiée au copilote, et permettant d'embrasser le paysage à presque trois cent soixante degrés.

A peine installées dans l'appareil, ses pales tournaient déjà avec un puissant bourdonnement, et paré au décollage l'insecte géant s'éleva dans un vacarme assourdissant. Les passagères, impressionnées par l'accélération et craignant de ne pas s'entendre, hurlaient à travers leurs casques, accessoires indispensables pour communiquer dans ce maelstrom de décibels. Le pilote neutralisa le potentiomètre des haut-parleurs, le temps que les jeunes filles se détendent, et pour préserver au passage ses conduits auditifs malmenés par leurs cris stridents.

Vu du ciel, le paysage de roches majestueuses et de canyons tortueux qui s'offrait à elles, leur coupa le souffle et la voix. D'un rapide coup d'œil Mathilda aperçut les deux filles calées à l'arrière qui se tenaient la main dans une attitude innocente et attendrissante. Elle crut même apercevoir un échange d'un baiser furtif qui la troubla malgré elle. De son côté, le pilote à la nature facétieuse, prenait visiblement plaisir à taquiner son équipage en plongeant brusquement au ras de l'eau, ou en effleurant les parois des canyons, pour finalement se poser au sommet d'une formation rocheuse naturelle, surplombant de ses mille cinq-cents mètres les méandres du Colorado.

En descendant de l'hélicoptère, moteur à l'arrêt, les filles furent saisies par le silence contrastant avec le lancinant raffut des hélices qui s'était soudainement évanoui. Depuis la Tower Butte où le pilote les avait déposées, elles eurent cette impression de totale plénitude, cet immobilisme à perte de vue, à peine contrarié par un léger vent au souffle tiède. Captivées par la scène grandiose, elles ne remarquèrent pas leur pilote occupé à arranger trois chaises pliantes et une petite table portant une bouteille de rosé et quelques verres en plastique. Bien qu'aucune d'entre elles ne soit très coutumière de ce type de breuvage, un vin californien, elles n'en savourèrent pas moins tous les arômes exacerbés par ces infinies sensations visuelles. Cette atmosphère toute poétique et chargée d'émotions amena Anne et Chloé à se rapprocher, s'envelopper l'une l'autre, jusqu'à s'embrasser avec passion, totalement abandonnées à leur félicité dans une harmonie sensorielle, qui laissa Mathilda à la fois ébahie et amusée.

- Excuse nous Mathilda, mais on se cache depuis le début du voyage et là, c'était plus fort que nous.

- Ne vous excusez pas, vous avez le droit. C'est juste que je ne m'y attendais pas, d'où ma surprise.

L'effet de surprise dissipé, Mathilda ne voulait pas que sa gêne soit mal interprétée. Elle réagit par un discours bien formaté, démontrant sa grande tolérance, qu'elle n'avait aucun préjugé concernant les Lesbiennes, ou tout autre forme de relations homosexuelles … Bref elle sentit qu'elle en faisait un peu trop, s'empêtrant dans ses justifications, tellement elle tenait à s'affranchir de tout a priori en la matière. Ses deux acolytes esquissèrent un petit sourire d'approbation, habituées à ces argumentaires, mais néanmoins soulagées d'avoir pu dévoiler leur amour.

- Tu seras discrète envers les autres ? On ne voudrait pas être les pestiférées du car.

- N'ayez pas de crainte de ma part, je resterai discrète.

- Merci beaucoup, tu es une belle âme, cela se voit.

Le pilote les interrompit gentiment, les invitant à remonter dans l'hélicoptère.

Pendant leur vagabondage aérien, le reste de la troupe avait fait une halte au barrage de Glen Canyon, une retenue de plusieurs millions de mètres cube d'eau, en arc de cercle, ressemblant à un gigantesque fragment de poterie. De là, on apercevait les fameuses portes d'accès du Colorado, où quelques paisibles kayaks gonflables glissaient sur le fleuve jusqu'aux limites autorisées, matérialisées par un alignement de bouées.

Après avoir retrouvé la terre ferme, les filles rejoignirent le groupe et poursuivirent tous ensemble leur pérégrination autour du lac. Sur une de ses rives, bénéficiant d'un énième point de vue panoramique, leurs regards s'attendrirent sur de petites plages, langues de sable blotties entre un contrefort du barrage et un port de plaisance aux voiliers disparates. Seuls quelques baraquements de fortune servaient de refuges aux habitués des lieux.

Le guide sortit quelques gobelets et un cubi de vin rosé made in California. Il profita de l'occasion, pour partager son érudition viticole et œnologique sur les cépages en Californie. Il expliqua que les producteurs de vins locaux, profitant de terroirs très proches de notre bordelais, élevaient depuis les années soixante des vins constitués essentiellement de cabernet sauvignon. Deux variétés caracolaient en tête, une rustique intégrée au milieu montagneux, et une autre aux arômes intenses d'anis et d'olive noire, plus familière des terrains plats.

Pour nos amis, les effluves d'olive noire et d'anis, ils les distinguaient surtout dans les coupelles apéritives et les verres d'anisette.

Le soleil déclinait sur un horizon festonné par les découpes rocheuses étreignant le lac, révélant une splendeur dont aucune photo ne saurait traduire l'émotion qui s'en dégageait.

Les quatorze degrés du rosé commençaient à agir sur les trois filles qui avaient déjà pris un acompte sur le sommet de Tower Butte.

Benjamin tendit son verre pour trinquer et prononça :

- Il y avait là, derrière ces taches, une lueur de braise, un coucher de soleil à demi éteint qui n'enflammait qu'un bout de l'immensité grise. Au-dessus de ce lac immobile, de ces futaies basses, de ce point de vue si singulièrement plat, le creux du ciel s'ouvrait, infini, plus profond et plus large. Ce grand morceau de ciel, sur ce petit coin de nature, avait un frisson, une tristesse vague ; et il tombait de ces hauteurs pâlissantes une telle mélancolie d'automne, une nuit si douce et si navrée.

Tout le monde restait sans voix, admiratif de leur narrateur, qui avouait devant son public médusé.

- Je vous rassure ce n'est pas de moi mais d'Emile Zola. A chaque fois que j'assiste à ce phénomène je pense à ce passage de la Curée.

Alors qu'ils enchainaient verres de vin et prises de vue pour immortaliser ce moment, une famille française circulant en camping-car leur proposa quelques photos de groupe, sur lesquelles le chauffeur figurait aussi. Ils effectuaient le même circuit, sur une durée plus longue. Pour ce faire, Ils avaient loué pour une durée de trois semaines sur un site aux promotions alléchantes un véhicule imposant.

Les marseillais étaient intrigués par ce monstre d'acier dont les proportions rivalisaient presque avec celles de leur autocar. Ils se firent interpeller par Fred, un des marseillais.

- C'est quel moteur ?
- Il s'agit d'un Ford Ranger.
- Houa, cela doit consommer ?
- M'en parlez pas, j'ai l'impression de passer ma vie dans les stations-services. Il a une consommation de vingt litres pour cent kilomètres, du moins cinq gallons, la mesure américaine.
- Des gallons ?
- Ben oui, c'est l'unité de mesure ici. D'ailleurs c'est surprenant lorsqu'on fait le plein. Il faut multiplier le volume par zéro virgule deux cent soixante-quatre pour le convertir en litres. Mais le plus sympa c'est le prix, cinquante centimes le litre. On est bien dans le pays du pétrole ….
- J'ai un camping-car à Marseille. Un vieil Hymer de 1999. Nous revenons d'un tour en Bretagne.

- C'est fou, nous aussi, ce fut d'ailleurs le déclencheur pour faire les US avec.
- Vous avez vu les magnifiques plages de Bretagne autour du Mont Saint Michel, etc ...

Voyant la conversation s'éterniser entre ces passionnés de bagnoles surdimensionnées, customisées et bourrées d'accessoires à l'utilité douteuse, le guide invita avec insistance les marseillais à bien vouloir rejoindre le groupe qui les attendait dans leur transport en commun d'un morne classicisme à côté de leurs engins survitaminés. La route fut joyeuse, l'alcool contribuant largement à cette allégresse. Les boute-en-train phocéens entraînés aux ambiances de troisième mi-temps de foot, se donnaient en spectacle, usant et abusant de leur accent du sud et de leur extravagante gestuelle. Ce qui avait tout de même pour mérite de souder un peu plus les liens entre tous les excursionnistes, dans une ambiance somme toute bon enfant.

Pour clôturer cette journée et quitter ces prodigieux tableaux, créations de dame Nature, il restait un trajet de trois heures de route à accomplir pour rejoindre la ville de Kanab. Forte de sa nouvelle amitié avec Anne et Chloé, Mathilda échangea quelques regards complices avec elles et leur confia qu'elle avait passé une journée extraordinaire en leur compagnie. Cette marque de bienveillance les enhardit à tel point qu'elles se livrèrent sans plus se soucier des regards des autres, à quelques gestes affectueux.

L'hindou - 2018 - taille 180 x 120 cm
Michel Maldera

L'hindou

La boutique d'Aaron fermait ses portes, le dernier client venait de prendre commande d'un tableau qui était accroché au-dessus de la caisse. Cet emplacement de choix était stratégique, valorisant des toiles qui avaient du mal à trouver preneur. Il s'agissait, en l'occurrence, d'une composition d'Aaron, s'inspirant du quartier de Chinatown qu'il connaissait si bien qu'il se le projetait de mémoire. Au premier plan s'imposait la porte du Dragon aux colonnes torsadées soutenant des toitures aux allures de pagode, qui symbolisaient l'entrée du quartier chinois. En fond, on distinguait les innombrables boutiques et restaurants envahis pêle-mêle de sculptures et de passants, essentiellement asiatiques.

Une fois le rideau baissé, Aaron s'accorda un verre de vin de sa cave personnelle. Un vin californien, cela va de soi. Il dégustait le délicat liquide autant que le relaxant petit frémissement annonciateur d'une ivresse mesurée. A chaque gorgée, il aimait ressentir cette douce progression, dont il comptait les degrés sur son échelle du bien-être, à l'exact inverse de celle de la douleur pratiquée dans les hôpitaux.

A l'exact dosage de l'euphorie attendue, il introduisît dans ses oreilles ses écouteurs sans fil diffusant une playlist d'opéra. C'était divin, le plaisir des sens parfaitement maîtrisé, il pouvait s'armer de ses pinceaux et autres pots de peinture.

Quand les premières notes du Nabucco de Verdi inondèrent ses tympans, toute la magie extatique de l'opéra, ...opéra ! Totalement habité par ces splendeurs musicales, Aaron était méconnaissable, comme en transes, ses yeux devenus globuleux se perdaient dans un abîme indicible. C'était presque christique, il était littéralement possédé par la grâce, qu'il allait maintenant tenter d'incarner, à son tour, sur une toile.

Il se mit à l'ouvrage en tapissant d'un fond noir la toile très grossièrement, au rouleau. Il ne cherchait pas à s'appliquer, laissant d'ailleurs par endroits transparaître le fond blanc initial. Puis à l'aide d'un pinceau effilé, il traça les contours censés représenter la silhouette d'un hindou, en s'inspirant d'une photo épinglée dans le coin gauche de la toile. Son coup de pinceau semblait guidé par une alchimie entre harmoniques et esquisse, que seul Aaron maitrisait. Il savait repérer sur la toile ce qui traduisait les aigus de la soprano ou les vibrations graves du baryton. Il rechargeait simultanément son pinceau de peinture et son verre de rosé. Chaque gorgée du nectar californien exaltait son inspiration immédiatement traduite en élégants coups de pinceau. Lorsque la nuit fût aussi entamée que sa bouteille, l'artiste s'octroya une pause pour ingurgiter avec avidité quelques pilons de poulet, tristement réchauffés dans le micro-onde qui trônait dans son bureau. Il en profita pour jeter un coup d'œil à ses messages

Une pléthore de notifications constellaient ses applications dédiées aux réseaux sociaux auxquels il était inscrit. En les consultant, il retrouva un de ses contacts chinois qui communiquait assez régulièrement avec lui, et lui proposait des options de rachat d'un article qu'Aaron avait mis en vente récemment. L'objet convoité soumis aux enchères intéressait d'ailleurs bien d'autres clients étrangers de nationalités diverses, russe, indienne ou encore saoudienne. Un mystère entourait l'origine de cette précieuse rareté, compte-tenu des montants de transaction qui atteignaient des niveaux, hors norme, négociés en Bitcoins.

Après quelques échanges logistiques avec Mr Lee, son potentiel acquéreur de Chine, concernant les détails de la transaction, et de la livraison, il remit du cœur à l'ouvrage en retournant à l'esquisse de son vieux sage indien, après un petit détour par sa cave. Il agrippa une seconde bouteille du même cru que la précédente, histoire que ses papilles retrouvent les mêmes sensations gustatives.

Recouvrant chaudement ses oreilles de ses deux écouteurs satellites rechargés à bloc, il reprit palette, tubes et pinceaux. En quelques petites touches judicieusement placées par des gestes adroits et précis, se précisait la forme d'un visage envahi d'une imposante barbe grise. La tête se coiffait au gré des coups de pinceaux d'un chirpa aux nuances se graduant du rouge au violet. Porté par une symphonie de Mahler qui le bouleversait, il travailla, presque les larmes aux yeux, le visage sombre et gris, rehaussé de traits blancs épais, pour donner du relief et du contraste à l'expression de son portrait. Il lui rajouta au-dessus du nez un point rouge, d'un tel éclat qu'on imaginait un rubis serti dans le front. Il représentait tikka, une marque portée par les hindous sikh, censée porter bonheur lors de cérémonies religieuses

A chaque nouvelle action, un nouveau verre de rosé, transition presque rituelle pour maintenir à tout prix sa fibre créatrice. Ce qu'il fit dans un geste quasi religieux, laissant le liquide s'écouler au ralenti dans son gosier par de petites gorgées, lorsqu'il troqua ses pinceaux par des couteaux de peintre. Après avoir fermé les yeux en prenant une longue inspiration, il étala avec une vigueur prodigieuse de la matière et de l'épaisseur à sa composition, à l'aide de gestes amples et étonnamment coordonnées au morceau rythmé qu'il écoutait. En quelques minutes le regard noir du personnage se parait d'une densité percutante, débordant du tableau jusqu'à irradier dans sa boutique une espèce de climat mystique, voire transcendantal. Satisfait de l'émotion qu'il avait réussi à transmettre avec quelques simples pigments, il fignola son œuvre à coups de bombes aérographes et de quelques collages. La toile semblait réussie, mais n'était-ce pas une illusion, alors qu'il secouait le fond de sa bouteille pour compléter son dernier verre ? Pour achever son œuvre et son rosé, il projeta quelques larmes de peinture à l'aide de son pinceau comme s'il voulait gâcher son portrait. Bien au contraire, ces taches de couleur explosaient dans une débauche visuelle, comme les fleurs du printemps parsèment les champs d'une gaité retrouvée.

Son dernier geste fut de signer en bas à droite de son nom, Carrell graphique très stylisé.

Epuisé, il eut tout de même la force de se reculer d'une dizaine de mètres pour contempler sa toute fraîche création. Il n'était pas mécontent du résultat, malgré les nombreuses heures de sommeil à rattraper pour cette performance.

Quand le premier rayon de soleil traversa la vitrine du magasin, lui annonçant que le cycle de la nuit avait vécu, il prit encore le temps de nettoyer ses ustensiles, et doucement s'invita voluptueusement dans les bras de Morphée. Juste avant de rejoindre sa couche, il constata les cadavres de bouteilles, et s'étonna, inquiet, qu'il puisse boire autant. Il s'en effraya d'autant plus, qu'une sorte de tunnel noir l'emporta tout habillé dans un sommeil profond.

Sa dernière réflexion encore lucide, concernait l'ouverture de sa boutique, dans quelques heures. Avant de sombrer, il mesura l'avantage d'être à son compte et de pouvoir gérer son temps comme il l'entendait. D'ailleurs, les précédents ne manquaient pas, sa clientèle étant habituée à trouver porte fermée. C'était un signe évident qu'une toile ou qu'une sculpture se préparait et allait voir le jour d'ici peu.

Kanab

Portraits des acteurs séjournant dans l'hôtel
à Kanab Utah - USA

Le car s'engouffra dans la ville de Kanab en tout début de soirée. C'était une jolie petite bourgade de quatre mille six-cent habitants au sud de l'Utah communément surnommée « Little Hollywood », le petit Hollywood. En effet depuis les années trente, de nombreux westerns ont été tournés mettant à profit les splendides paysages environnants, évocateurs de la grande épopée de l'Ouest américain.

Dès l'entrée de l'hôtel, le groupe se retrouva projeté dans l'univers du farwest que la décoration, d'un réalisme saisissant, reproduisait avec soin. Sur le parvis de l'entrée, trônait un rocking-chair, occupé par l'effigie d'un shérif armé de son fusil, et observant les passants de ses yeux fixes. De vieilles winchesters accrochées aux dessus de la réception, ornaient les murs comme des trophées, autour d'une multitude de cadres d'acteurs de cinéma des années soixante. Dans cette galerie de portraits exclusivement masculins, on reconnaissait John Wayne, Clint Eastwood, Steve Mac Queen, Raymon Massey, Omar Sharif, Burgese Merceth Eli Wallach, Kerman Wynn, Telly Savalas, sans parler de tous ceux, en chair et en os, qui avaient séjourné dans les chambres en laissant un autographe, une dédicace, un objet quelconque. En traversant le salon-saloon en enfilade, on atteignait une cour intérieure où s'élevait une ancienne grange peuplée de quelques vieux chevaux assoupis, retraités des Westerns dans lesquels ils officiaient avec la même fougue que les Cowboys qui les chevauchaient. Désormais, nostalgiques de leur prestige disparu, ils n'étaient plus que la mémoire vivante d'une époque éteinte, piètres pièces exposées dans cette salle transformée en cinéma musée.

Mathilda et Rose obtenaient la chambre cent trente-huit, qui fut occupée par Barbara Stanwyck, une actrice oscarisée.

- Tu connais Barbara Stanwwouak, Rose ?
- Non, c'est Barbara Stanwyck, une célèbre actrice. Ce n'est pas sûr que tu la connaisses, ce n'est

pas de ta génération, mais elle a fini dans Dynastie. Tu connais au moins cette série ?

- Oui, je la connais. Ma mère la regardait en boucle. Dès le générique, nous n'avions plus le droit de parler à la maison. Je n'arrivais jamais à savoir qui était qui. Avec leurs brushings bouffants, et leurs ridicules épaulettes, les Carrington contre les Colby, j'en pouvais plus.
- M'en parle pas, j'adorais cette série.
- Tu t'entendrais bien avec ma mère.
- C'est qu'elle a bon goût. Allez dépêchons-nous, on a rendez-vous devant la piscine à dix-neuf heures. Je n'ai pas envie de louper le repas.

En effet, Ils avaient rendez-vous pour dîner dans un restaurant avec spectacle à la clef. Il leur suffisait de franchir la rue pour s'y rendre, mais il fallait traverser une incontournable boutique de souvenir pour parvenir à une immense salle composée de plusieurs longues tables en bois. Leur disposition évoquait un banquet de mariage.

Comme souvent les gens se regroupent par affinités. Ainsi les marseillais restaient entre eux, Rose inséparable de son groupe de personnes âgées, Anne et Chloé accompagnaient un jeune couple lyonnais, à proximité des trois couples parisiens et d'un trio de jeunes garçons d'une vingtaine d'années. A contrario, notre jeune radiologue aimait bien se mélanger. Elle évitait de manger avec les mêmes, un des nombreux avantages lorsqu'on voyage seul. Les tables étant pour la plupart déjà complètes, elle n'eut pas d'autre choix que de s'installer à celle occupée par les trois jeunes hommes. Il est vrai qu'elle n'avait jamais eu l'occasion de partager de moments avec eux.

- Je peux me joindre à vous ? s'enquit-elle
- Avec plaisir. Mettez-vous à côté de moi.
- Ah non ! Tu ne vas pas me vouvoyer. Tu m'as pris pour une vieille ? J'ai juste un an ou deux de plus que toi.

Elle regarda ses convives fixement et se reprit.

- Bon un peu plus, mais ce n'est pas une raison.

Il se leva pour lui tirer la chaise en bois comme un serviteur, le visage éclairé d'un grand sourire.

- Prenez place mademoiselle, euh pardon, assieds-toi. C'est mieux comme ça ?
- Parfait, mais fais-en pas trop non plus.

La bonne ambiance s'installait naturellement entre eux. On aurait dit une grande sœur invitée à un repas de famille. Tous les quatre donnaient l'impression de se connaître depuis toujours. Le grand brun s'appelait Axel, il était le plus jeune mais avait aussi la plus grande taille. Le blond se prénommait Dorian, et le troisième, un châtain à lunettes, Ethan.

Ils avaient organisé ce voyage depuis un an. Désireux de voyager en Amérique, ils avaient créé une cagnotte en ligne auprès de leurs amis et de leurs familles, complétée par le financement de leurs parents. Ils les avaient convaincus en prétextant la nécessité de se rendre aux USA pour améliorer leur niveau d'anglais dans le cadre de leurs futures études. Et pour l'indispensable argent de poche, ils organisèrent une soirée de remerciements aux contributeurs avec un droit d'entrée de cinq euros, associé à une buvette payante d'un euro chaque boisson. Axel avait fait venir son groupe de musiciens bénévoles. Il jouait à la basse pendant que les deux autres géraient les invités. Ils avaient réussi à mobiliser de nombreuses personnes comme les enseignants et leurs élèves de leur école de Commerce. Leur professeur principal n'en revenait pas de la réussite de leur projet qui n'avait débuté qu'avec un simple cours sur les réseaux sociaux. En effet, le prof voulait que ses disciples prennent la mesure de l'impact et de la toute-puissance des réseaux sociaux sur l'économie, en développant un brillant argumentaire sur le sujet. Ils profitèrent justement de cet exposé pour passer de la théorie à la pratique en expérimentant le financement en ligne pour leur voyage.

Vu le nombre d'invités et le gain emmagasiné, leur initiative laissait peu de doute sur leur avenir dans le secteur commercial.

Le patron du restaurant, affublé d'une veste de cowboy, ne parlait pas français, mais avait un fort accent Texan. Un certain Benjamin faisait office de traducteur. Il leur expliquait la relation qu'avait la ville de Kanab avec le cinéma grâce aux nombreux paysages typiques de films de western mais surtout parce que son restaurant organisait des tournages de films dont les acteurs étaient principalement ses clients. Brusquement, scrutant du sol au plafond, tout le monde s'est mis à chercher des caméras cachées dans l'immense salle à manger. Dès lors, une sorte de panique s'emparait des clients.

Le restaurateur déambulait autour des groupes leur demandant de se lever en leur indiquant une « fonction » et en leur fournissant le costume adéquat. Un sabre pour les anciens qui seraient des militaires, une hache pour les marseillais pour représenter les indiens, un gilet en vieux cuir pour Mathilda et Dorian devenus conducteurs de diligence, des colts pour Chloé et Anne enrôlées en cowboys, les autres figurant des fermiers. Tous se rendaient dans une autre salle du restaurant où de nombreux portants chargés de chemises à carreaux, de manteaux, d'armes factices, d'outils, de cordes, et de chapeaux, occupaient tout l'espace.

Une fois habillés, il invita ses hôtes à se rendre dans la cour arrière, où se trouvait un faux décor de western. Des cactus et des rochers en plastique installés aux pieds des devantures d'un saloon, d'un barbier ou encore d'une banque faisaient parfaitement illusion.

Il plaçait les gens suivant leurs déguisements. Mathilda et Dorian, avec leurs gilets typiques et couverts de chapeaux marron, montaient sur une véritable diligence en bois. Deux chevaux, en résine magnifiquement bien imités, la tiraient par des sangles de cuir. Les deux filles (les cowboys) devaient sortir du saloon pour provoquer une bagarre avec quelques fermiers. Enfin, les soldats devaient attendre derrière une barrière pour faire fuir les indiens, qui eux-mêmes guettaient le déclenchement d'un signal.

L'ambiance était vraiment joviale et malgré le brouhaha, tout le monde s'amusait avec ses accessoires. La différence d'âge ne se distinguait plus entre jeunes et plus anciens, tous avaient retrouvé leur âme de gamin. On les voyait revivre leurs jeux d'enfance, dans un perceptible abandon du carcan responsable de l'adulte. Il suffisait de les observer travestis en indiens ou soldats équipés de manches à balai avec au bout des têtes de chevaux, en train de cavaler dans tous les sens, pour se persuader que cette aubaine ludique était inespérée, et traduisait qu'en chacun d'entre nous vivaient toujours avec force l'insouciance, les joies simples, et la saine ivresse de nos rires éclatants.

Tournage du film - Kanab - Utah - USA

Mais tout jeu a ses règles et ses conventions. Alors qu'un vidéaste sortait son attirail, notamment une caméra à objectif rectangulaire accompagné d'un perchman un peu perché au vu de ses mimiques désordonnées, le chef s'imposa avec sa voix de stentor et les invita à suivre ses instructions, toujours traduites par Benjamin, le guide polyglotte.

La première scène, c'était celle de la diligence. Pour cela, il brandissait une pancarte en bois pour lancer le clap de début tout en leur indiquant les gestes et comportements à reproduire. Mathilda et Dorian, quant à eux, étaient missionnés pour secouer les rênes des chevaux, en leur criant dessus fermement, mais sans s'égosiller.

- Attention, GO moteur.

Seul Dorian, très investi dans son rôle, s'était mis à hurler, au moment même où Mathilda aperçut un petit bonhomme dans son champ d'action :

- Allez, avance, allez .... lui dit-elle avec une affection non dissimulée.

- Stop !!!!! Comment veux-tu qu'il avance ??? Il ne t'entend pas, avec ta voix compassée. Gueule-lui dessus !

- Attention moteur ! lança le vidéaste, sans transition

Mathilda, pleine d'une énergie de combattante, hurla comme une folle, tout autant que son partenaire qui lui faisait écho, en lâchant ses décibels sans retenue.

- Coupez, parfait. Le cameraman était visiblement impressionné par leurs performances vocales.

La deuxième scène était jouée par les cowboys qui sortaient en parodiant un accrochage avec les fermiers.

Les consignes étaient identiques à celles de la première scène, l'animateur toujours muni de son indispensable panonceau, clapant comme pour un film hollywoodien.

- Go ! Vous sortez en criant et en frappant. Les fermiers, lancez les chaises sur les cowboys.

Après exécution des protagonistes :

- COUPEZ !!! Parfait. Maintenant, les indiens, vous allez venir avec vos chevaux jusqu'à la banque en hurlant des youyous tonitruants. Lâchez-vous !!

- Attention. GO ! Moteur.

Le vidéaste et son perchman semblaient totalement blasés, mais néanmoins très professionnels.

C'était justement au tour des Marseillais de chevaucher leur manche en bois en poussant des cris d'indiens mâtinés d'accent du sud provençal. Un assemblage aux sonorités assez pittoresques qui déclencha un fou rire général et spontané. Même le texan n'arrivait pas à conserver son indéfectible sérieux.

- STOP ! On la refait….. dit-il avec un furtif sourire aux lèvres.

Après tout de même quatre prises successives, les Indiens aux variations vocales phocéennes, réussirent à se rendre à la banque. C'était le signal attendu pour que les soldats les pourchassent. Ce fut un moment épique, les militaires essayant bien de courir avec résolution, mais vu leur âge, la moitié d'entre eux ayant des problèmes de hanche, de cheville, de genou sans oublier l'embonpoint, cela ressemblait plus à une course de manchots désorientés.

Voyant qu'il ne pouvait pas faire mieux, l'animateur désabusé leur demanda de revenir dans le restaurant le temps du montage vidéo, réalisé par son équipe de techniciens.

Le repas était servi dans une cantine roulante comme on le voit dans les reportages sur les prisons américaines. Un Chili con Carne texan. Les trois compagnons de Mathilda, visiblement en raffolaient, compte-tenu de leur nombre d'allers-retours au buffet. Elle se demandait comment la montagne de haricots arrivait à tenir dans l'assiette déjà surchargée de viande. Et surtout comment faisaient-ils pour avaler tout cela ? Néanmoins leur joyeuse compagnie assortie des quelques bières ingurgitées, conduisaient notre belle brune tout droit à la frontière de l'euphorie.

En fin de repas, le texan annonça, toujours grâce à Benjamin, son inséparable traducteur, que le montage des scènes épiques tournées peu avant était désormais terminé et qu'il proposait de projeter le film sur les écrans répartis dans la salle. A peine son explication achevée, les lumières s'éteignirent alors que le générique de la Métro Goldwyn Mayer Cie s'annonçait. Toute la salle réagit dès les premières notes de la célèbre musique en se tournant en direction de Benjamin. Tous crièrent :

Good Morninnnnnnngggggggg

Le film était digne d'une grande production hollywoodienne. Le générique laissait entrevoir le village vu du ciel, suivi de plans larges du désert, du roulement des herbes sèches poussées par le vent de Santana, les fameux virevoltants, pour s'achever sur un plan de la route menant au saloon. La séquence suivante se focalisait sur une diligence approchant au loin, conduite par un couple de fermiers. Au moment de passer devant le bar, des coups de feu retentissaient. Des cowboys furent expulsés de l'établissement, manu militari, par des fermiers sensiblement agités. Un attroupement de villageois se forma alors, lorsque le shérif, joué par John Wayne, tira un coup de pistolet en l'air pour faire cesser le soulèvement.

Une fois le conflit désamorcé, un bruit de cavalcade retentit, pour s'enchaîner sur un gros plan du fameux Geronimo chevauchant avec ses guerriers, (les marseillais sur leur manche en bois), s'engouffrant dans la banque pour s'emparer du contenu du coffre-fort. Ils réussirent sans difficulté à faire sauter la porte avec l'aide de quelques bâtons de dynamite. Au même moment, on entendit au loin le clairon de l'armée sonnant la charge, avec à sa tête, le général Custer interprété par Errol Flynn. Son armée avait un peu de mal à suivre, ce qui suscita quelques rires amusés dans la salle. Les indiens, voyant les soldats à leur trousse s'enfuirent tout naturellement au loin avec le magot. Le générique de fin retentit avec l'acclamation des spectateurs. Ce scénario puisait son originalité et sa fantaisie uniquement dans le subtil montage mariant des images de films célèbres et celles tournées avec nos faux comédiens.

Le producteur, le texan, revenant à ses visées mercantiles, proposait le DVD à trente-cinq dollars, déjà prêt dans sa jaquette, elle-même décorée d'une photo en couleurs, tirée du film.

- Si vous voulez on l'achète à plusieurs et on se refile les fichiers.
- Pourquoi pas, répondit Mathilda. Je vous donnerai mon mail.
- Si tu veux on peut se revoir sur Paris.
- Commence pas à me draguer Dorian, n'oublie pas que je suis plus âgée que toi ! Et je ne me tape pas des minots, disait-elle en rigolant.
- On verra, on verra, on en reparlera.
- C'est tout vu, lui répondit-elle d'un ton sans équivoque.

La soirée se prolongea jusqu'à la fin du repas. Les anciens repartirent à l'hôtel rejoindre leur chambre, en laissant les plus jeunes attablés avec quelques bières dont le destin ne tarderait pas à se dénouer aux toilettes. Mathilda n'avait pas l'habitude de consommer ces boissons mousseuses, elle était plutôt coutumière à s'adonner à quelques mojitos en compagnie de ses amies.

A la fermeture du restaurant, tous cherchèrent un pub mais la ville de Kanab n'était pas une ville nocturne. La fête s'achevait sur cette dernière tentative avortée…

Rose dormait profondément lorsqu'elle entendit du bruit derrière la porte d'entrée. Aux cliquetis désordonnés et nerveux, elle en déduisit qu'on essayait de forcer la serrure.

- Ce n'est quand même pas les deux brigands de l'autre jour pensa-t-elle. Je vous préviens je vais appeler la police cria-t-elle avec véhémence !

- Mais non, c'est moi….J'arrive pas à ouvrir avec ma foutu carte magnétique.

- C'est toi Mathilda ?

Rose tourna la poignée avec précaution, et malgré sa délicatesse, Mathilda visiblement en appui sur l'autre façade de la porte, s'écroula comme une masse. Gisante sur le sol, elle tenta de se relever avec l'aide de sa collègue de chambrée. Après quelques efforts pour soutenir Mathilda qu'elle portait de tout son poids abandonné, elle arriva après de fastidieuses manœuvres pour préserver un équilibre fragile, à l'allonger sur le lit et s'affaira à la déshabiller. Elle s'aperçut que, dans sa chute, Mathilda s'était ouvert le bas de la lèvre laissant jaillir un léger entre-filet rouge vermillon, mais l'heure n'était pas à vouloir soigner ce léger bobo mais plutôt à la guider de toute urgence sur le chemin des WC. La lumière de la chambre resta allumée une grande partie de la nuit.

Le lendemain, au réfectoire, une silhouette brune d'une jeune femme aux narines surmontées de lunettes de soleil traversait furtivement la salle en se dirigeant sans détour, ni salutations à quiconque, vers la cafetière remplie d'un café noir aux arômes délicats. Elle se servit une double dose bien serrée, et s'assit lourdement à une table, seule, ses deux mains libérées de la tasse sursautante, massant ses tempes sans ménagement. La table des trois acolytes de la veille se profilait dans son champ de vision. Repérée, ils lui faisaient de grands signes, invitant à les rejoindre.

- Alors bien dormi ? Pas trop dur, le réveil ?
- M'en parlez pas, j'ai la tête qui va exploser.
- Pourtant on n'a pas trop bu hier soir, juste quelques bières.
- Quelques bières ! Je me demande comment je suis rentrée dans ma chambre. La seule chose dont je me souviens, c'est ma soirée passée aux WC à uriner.

Et ce matin j'ai des cheveux qui poussent sous mon crâne !

- Il faut que tu te reboostes car aujourd'hui cela risque d'être physique. On va marcher dans le Bryce Canyon.
- Encore un Canyon ?
- Oui, mais cette fois on a prévu de l'explorer. Prévois de bonnes baskets.

Après avoir ingurgité plusieurs verres de jus de fruits multivitaminés, elle se hâta d'aller se changer, les vêtements qu'elle avait enfilés précipitamment ne semblant pas être très adaptés à ce type de visite.

Bryce Canyon

Bryce Canyon - Utah - USA

Au bout de seulement une heure trente de trajet, malgré le parcours sinueux du Plateau de Paunsaugunt et les quelques virages en épingle, le bus stationna sur un parking à l'embouchure d'un chemin de terre aboutissant à l'entrée du parc américain. Dorian, Axel, et Ethan descendirent les premiers en attendant sagement leur nouvelle copine de soirée.

Soudain, dans un flash, peut-être consécutif à la soirée précédente où les sens s'étaient exacerbés, le temps semblait s'être arrêté, donnant l'impression d'une décomposition ralentie de chaque mouvement, une attention aiguisée de la moindre scène habituellement considérée sans intérêt. Axel regardait la belle brune descendre doucement du bus, avec une grâce et une légèreté sans doute imaginaire. Ses yeux se déplaçaient dans ses orbites comme un scanner haute définition où le plus petit pixel ne pouvait s'échapper. Friands du moindre détail, Ils se focalisèrent au départ sur les bottes noires de randonnée à lacets, remontèrent les longues et fines jambes dans une ascension fascinée, pour s'attarder quelques instants, avec gaillardise, sur son short noir moulant. Comment un simple bout de tissu peut brusquement chambouler tout votre capital hormonal provoquant des battements de cœur incontrôlés. Et son haut kaki laissant entrevoir les formes généreuses de son opulente poitrine a définitivement dirigé l'organe indécent à viser le col de chemise alors que quelques instants auparavant, il n'avait comme seul panorama que des lacets de godasses.

Néanmoins ils semblaient tous les trois s'être installés dans cette douce contemplation, aux allures de déesse mythologique recouverte de deux tresses brunes. Le loup de Tex Avery en aurait certainement perdu sa langue tombante, et expulsé sur orbite ses yeux explosés. Mais au moment, où Dorian fixa ses envoûtants yeux verts, se rendant compte de son insistance indiscrétion, il lui lança un compliment confus avec une légère pointe de gêne. Pas dupe d'avoir été l'objet de regards avides de Dorian, elle était tout autant mal à l'aise de cette situation.

La visite démarra et permit de recaler toutes ces dérives émotionnelles, bien compréhensibles mais pas assez consenties pour les laisser s'épanouir. Du moins, pas encore. Le chemin emprunté s'évanouissait pour laisser place à un magnifique point de vue : le Sunrise Point. On embrassait les hauteurs du plateau faisant face, un spectacle rendu époustouflant, par l'action de l'érosion sur les roches composées de manganèse exaltant le violet et le rose, tandis que le fer se révélait en teintes jaunes et rouges, l'ensemble dévoilant plusieurs amphithéâtres naturels somptueux.

Le guide voulait maintenant leur montrer un autre point de vue de ce fantastique monument naturel en les amenant sur un autre versant : Le Queens Garden Trail. Un sentier de moins de trois kilomètres aller-retour, que d'après Benjamin, l'on peut effectuer en deux ou trois heures suivant sa condition physique. Il invitait les moins téméraires ou les plus fatigables, à demeurer sur les hauteurs tout en profitant des nombreuses boutiques des alentours.

Nos quatre amis descendirent avec prudence, à la queue leu leu, le sentier qui rejoignait le cœur du Canyon. Le sol sableux glissait légèrement sous la semelle de leurs chaussures, leur donnant une étrange impression d'apesanteur. Dorian se fît la réflexion que c'est ce que l'on doit ressentir en se déplaçant sur le sol lunaire. Mathilda, au pas mal assuré se rattrapait de temps en temps en s'agrippant aux épaules d'Axel, ce qui n'était pas pour lui déplaire.

Ethan, passionné des dernières technologies avait un caractère réservé et était doté d'une prestance naturelle qui en impressionnait plus d'un. Il n'accordait pas facilement sa confiance, mais une fois que celle-ci était gagnée, il donnait sans compter, privilégiant toujours le bonheur des autres avant le sien. Dans l'optique de faire plaisir à ses amis, il se mettait en quête de sites à explorer pour les partager. Pour ce faire, à chacun de ses voyages, il imprimait la carte du pays en question et recherchait les spots incontournables. Ses amis le nommaient « Ethan le Bienveillant ».

Il commentait le parcours sans discontinuer, armé de son indéfectible portable dernière génération. Grâce à son ami de toujours, l'inséparable Google, il était intarissable en anecdotes, et autres particularités des sites visités.

- Les colonnes rocheuses que vous voyez sont des hoodoos, et elles datent de quarante à soixante millions d'années. L'eau de pluie y a creusé des rigoles de plus en plus profondes, finissant par créer des murailles, d'après Wiki. Certaines d'entre elles ont été baptisées, comme par exemple "le marteau de Thor" ou " Queen Elisabeth ".

Mathilda l'écoutait à demi-mots, trop concentrée à devoir dévaler cette pente interminable, tout en gardant son équilibre. Brusquement, le ciel commença à changer de couleur, les nuances de gris s'imposant et donnant l'impression d'avaler la lumière sans retenue. Quelques gouttes d'eau épaisses commençaient à s'écraser sur les bras nus de Mathilda. Le guide qui remontait du fond du Canyon les croisa sur le chemin du retour.

- Je vous conseille de faire demi-tour car la pluie arrive. Le sol va être de plus en plus glissant avec des risques de coulées de boue, prévint-il.

Tout le monde rebroussa chemin tenant compte des inquiétudes et des recommandations de Benjamin. Elles se révélèrent fondées, car en l'espace de quelques minutes les quelques gouttes éparses se rassemblèrent et convergèrent sous le plafond céleste soudainement d'une noirceur anthracite et lugubre, se métamorphosant en un déluge inimaginable, contraignant les touristes à galoper pour atteindre le sommet, Mathilda n'était pas une sportive aguerrie, elle avait du mal à tenir le rythme de ses amis et les perdit rapidement de vue. Elle commençait à paniquer à l'idée de rester bloquée et de ne pas pouvoir rejoindre ses comparses. Dorian s'étant rendu compte de son retard, l'attendait, accroupi dans une grotte. Mathilda arriva à son niveau au bout de longues minutes d'effort.

- Je suis là, n'aie pas peur.
- Je n'arrive pas, j'en ai marre de cette montée, s'agaça Mathilda.
- Ecoute moi, calme toi, on a plus le choix, il faut qu'on monte. Je n'ai pas envie de rater Las Vegas à cause d'une petite pluie du dimanche. Je vais passer devant toi. Tu vas suivre mes pas et mon allure.

Grâce à la technique éprouvée de Dorian, elle arriva à rejoindre le car, trempée et essoufflée, mais accueillie joyeusement par un concert d'applaudissements que l'ensemble du groupe lui avait réservé.

- Bravo, tu as réussi.
- Merci surtout à toi Dorian de m'avoir supportée et encouragée.

Il avait l'habitude de pratiquer les chemins montagneux escarpés. Il revenait d'ailleurs d'un trek de dix jours au Maroc où il avait franchi le sommet du mont M'goun, après une marche de plusieurs heures à travers des chemins tortueux, en compagnie de mulets chargés de sacs de voyage et autres toiles de tente. Mathilda restait bouche bée à la description de son périple, dix jours à dormir au sol, avec une hygiène sommaire. Non, vraiment c'était inconcevable pour cette princesse plus coutumière d'escarpins que de chaussures de randonnées.

Après un repas pour réchauffer les pauvres marcheurs, le car partit en direction de Las Vegas. Pour se rendre dans cette ville de démesure, il faut passer par une petite bourgade appelée Saint George. C'est un arrêt obligatoire pour toutes les compagnies touristiques avant de se rendre à Las Vegas. Serait-ce pour se laver spirituellement avant de se diluer dans cette cité du péché ?

La ville n'avait rien de particulier. Des maisons américaines sans clôtures. Rien ne laissait présager la moindre appartenance à une croyance particulière, si ce n'est l'arrivée devant ce temple Mormon, une énorme bâtisse blanche entourée de jardins dignes des plus beaux gazons britanniques. Devant l'entrée se trouvaient des jeunes gens, vêtus de blanc, d'apparence calme, et de surcroît très souriants. Selon la langue des voyageurs, ils demandaient l'intervention des membres de leur communauté capables de les comprendre. Deux jeunes filles sortirent accueillir le groupe de français. La première étudiait la langue de Molière, et la deuxième venait directement de Paris. Elle était là pour une période de deux ans dans l'objectif de renforcer sa foi et de servir le temple de Saint George en accueillant les nombreux visiteurs faisant escale. Surpris, les marseillais lui posèrent une multitude de questions auxquelles elle prenait le temps de répondre méthodiquement, et avec une étonnante sérénité. Elle leur indiqua qu'elle connaissait bien la capitale française et notamment son temple de Le Chesnay tout proche de Versailles. Leur but était d'inciter les visiteurs à franchir l'enceinte du monument pour notamment visionner une vidéo, très éclairante, expliquant la genèse et les principes fondateurs de la religion des Mormons, ou plus précisément de L'Église de Jésus-Christ, des saints des derniers jours. La théologie mormone s'articule autour de la foi en Jésus-Christ et du repentir pour les péchés. Les mormons croient que si l'homme est créé à l'image de Dieu, c'est parce que Dieu était lui-même un homme qui a évolué vers la divinité. À son tour, l'âme qui préexiste, doit s'incarner dans le monde pour devenir un dieu. Ils attendent que le Christ revienne. Qu'on adhère ou non, cet argumentaire se révélait passionnant au sujet d'une religion souvent perçue et réduite à une secte, alors même que la pratique de la foi de ses adeptes était d'une sincérité totale et éloignée de tout prosélytisme.

Personne n'avait envie de perdre du temps et pour la plupart d'entre eux, cette visite était perçue comme superflue, voire contraignante, demandant même au guide de quitter ce lieu. Ce dernier fut contrarié par la réaction de ses clients mais accepta quand même de repartir. Car, Las Vegas n'attendait pas, c'était la destination phare de ce circuit. Le vice attire toujours plus que la vertu…

Le soleil se couchait sur la longue route désertique longée par des parcs d'éoliennes et de centrales solaires, lorsque le désert s'estompa pour laisser place à cette mégalopole sortant de nulle part, identifiée par le panneau « Welcome to Fabulous Las Vegas » qui annonçait sans transition la trépidante capitale de la luxure. Tout le monde était surexcité à l'idée de la découvrir et surtout de l'explorer. Enfin !

Le groupe logeait à Palace Station, un peu en recul du centre-ville. Un casino était le lieu de rendez-vous des flambeurs.

Rose partageait encore la chambre de Mathilda située au dixième étage. Pour s'y rendre, il fallait emprunter un ascenseur vitré qui permettait d'embrasser un panorama à cent quatre-vingt degrés de la ville. On y apercevait au loin un manège ascensionnel enkysté sur le toit d'un hôtel, qui semblait projeter ses passagers dans le vide. Ces ensembles hôteliers assuraient chacun leur show. Ils regorgeaient d'innovations à sensations afin d'assurer un spectacle permanent dans un contexte de concurrence effrénée.

Anne et Chloé, en voisines de chambre les accompagnaient vers les hauteurs de l'imposant édifice hôtelier dont le sommet semblait se perdre dans l'éther céleste. Sur le palier de la porte, Anne proposa à Mathilda de la rejoindre un instant, sous prétexte d'un petit service à lui rendre. Elle pensait benoîtement qu'il s'agissait de lui prodiguer un quelconque conseil vestimentaire.

Après avoir cédé aux délices d'une bonne douche dont les multi-jets s'insinuent jusqu'aux recoins les plus intimes de son anatomie, elle s'attaqua avec détermination au rangement de sa valise, encore toute embaumée des fragrances du gel douche aux parfums exotiques. Se sentant maintenant libérée de ses petites contraintes corporelles et organisationnelles, elle se dirigea d'un pas décidé en direction de la chambre de ses comparses. C'est Chloé qui lui ouvrit la porte, son visage s'éclairant d'un sourire à la dentition étincelante. Elle portait une simple serviette de bain laissant apercevoir un joli panda tatoué au-dessus de sa cheville gauche.

- Oh, merci d'être venue. Tu veux visiter notre chambre ?

- Avec plaisir, la nôtre a l'air plus petite. Par contre, nous avons une télé avec nos noms qui apparaissent au démarrage. D'ailleurs ils ont fait une erreur avec Rose en l'orthographiant « Rosita ».

- Anne, please, sors de la salle de bain, Mathilda est arrivée !

Mais brusquement l'ambiance, comme l'électricité dans l'air annonciatrice d'orage et succédant à une douce après-midi de printemps sans le moindre souffle de vent, s'était tendue dans la chambre. Les filles, aux regards fuyants, aux mimiques nerveuses, presque des tics, traduisaient une forme d'embarras. On sentait qu'elles n'arrivaient pas à aborder un sujet qui les tracassait. Mais lequel ?

C'est Anne qui se lança.

- Ecoute, avec Chloé on a un service particulier à te demander. Nous ne savons pas comment tu vas réagir car nous ne te connaissons pas depuis longtemps mais nous avons une bonne intuition et un bon rapport avec toi.

Mathilda l'interrompit soudainement.

- Je vous arrête tout de suite. Je préfère être claire avec vous. Moi aussi, je vous apprécie mais je n'ai jamais été attirée par les charmes du sexe féminin.

Elles éclatèrent de rire avec un grand soulagement.

- Ce n'est pas du tout pour cela qu'on t'a fait venir. Voilà, je t'explique. Nous avons pris rendez-vous demain soir dans une chapelle afin de nous marier. Cela fait plusieurs mois que nous avons réservé la célébration avec une agence spécialisée dans la préparation de mariage. Elle nous a prévu la cérémonie dans la chapelle Little White. Mais il nous faut un témoin chacune pour valider. On a demandé à Benjamin de le faire mais on a immédiatement pensé à toi pour le deuxième.

- Mon dieu, quelle honte. Avec mes, « je ne suis pas attirée… », ce serait avec joie. J'en suis très fière, merci d'avoir pensé à moi.
- On te rassure, on n'a pas envie non plus de t'embrasser, t'es pas notre style, rétorquait Chloé en éclatant de rire.
- On aura Elvis avec nous ?
- Normalement, malgré qu'on voulait quand même rester dans la sobriété !

Les filles rejoignirent les autres compères du groupe dans un des nombreux restaurants de l'hôtel. Pour y accéder, il fallait traverser le casino équipé de centaines de machines à sous dont l'alignement en perspective semblait se prolonger à l'infini au gré des jeux de miroirs installés au fond de la salle, des tables de poker et autres blackjack entourés de joueurs concentrés et fébriles. Les filles glissaient quelques pièces dans des machines bandit manchot, sans grande conviction, presque avec lassitude.

Le chef de salle se chargeait d'installer les clients dès que les gens libéraient les tables. Au jeu des chaises disponibles, Mathilda et Rose s'étaient retrouvées à la même table qu'Anne et Chloé, des trois garçons ainsi qu'un jeune couple de Lyonnais, prénommés Anaïs et Mathieu, tous deux originaires de Villeurbanne. Deux jeunes de vingt-cinq ans qui venaient tout juste de commencer leur immersion dans la vie active après de longues études.

L'un venait de trouver un emploi dans la gestion immobilière au sein d'un grand fleuron national du patrimoine foncier, et l'autre occupait un poste dans le marketing des sites internet d'un célèbre groupe d'électroménager.

La discussion tournait autour de la nouvelle fraîchement annoncée concernant la future célébration d'Anne et de Chloé. Les filles redoutaient la réaction de Rose issue d'une génération peu coutumière des mœurs actuelles. Mais son ouverture d'esprit les a vite rassurées. Les garçons, quant à eux ne s'encombraient pas de la configuration ou de la conformité de leur amour, ils se projetaient déjà avec un enthousiasme manifeste dans la fête qu'il allait falloir organiser pour couronner cet évènement. D'ailleurs, ils proposèrent de profiter de l'aubaine de cette soirée libre pour se rendre dans le centre-ville. Ils se donnèrent rendez-vous à 20h30 devant l'entrée de l'hôtel.

Ils se rendirent rapidement à la réception dans l'intention de faire une belle surprise aux futures mariées. Mathilda était dans la confidence, et en charge de louer une limousine avec chauffeur, réservée aux VIP. Le véhicule était plutôt imposant, revêtant la forme d'un minibus aménagé, habituellement destiné à transporter les clients les plus illustres de l'hôtel. Ethan réussit à négocier un tarif quasi dérisoire de cinquante dollars pour les huit passagers. Rose que les prémices de l'addiction menaçaient, avait préféré s'adonner aux distractions monétaires des casinos.

Les filles furent émerveillées par l'attention que leurs nouveaux amis leur avaient apportée. Une délicatesse matérialisée par un carrosse diesel, équipé de banquettes en cuirs rouges, disposées sur les côtés laissant un espace suffisant pour improviser une piste de danse. Un mini bar abondamment garni de champagne, whisky, gin, coca et jus de fruit, sans omettre les glaçons, n'allait pas tarder à se faire piller. D'autant qu'Ethan, en négociateur hors pair avait même obtenu le droit de consommer les boissons à volonté. Fier de ce privilège, il s'empara du micro relié à la sono.

- Je vous propose de boire un verre en l'honneur des futures mariées.
- Merci beaucoup à vous tous pour ce soir, répondirent les intéressées. Nous comptons sur vous demain pour notre mariage.

Après plusieurs verres bien tassés, le minibus arriva dans l'ancien quartier phare de Las Vegas, emblématique des années quatre-vingt : Fremont Street, la rue de l'extravagance.

Il se gara devant le casino le Pionner Club orné d'un immense cowboy debout sur le toit, donnant l'impression qu'il allait sauter sur la foule, en dégainant sans sommation. A la vue du minibus limousine étincelant, les passants formèrent un attroupement, sans doute persuadés de voir débarquer une ou plusieurs stars habituées des lieux. Il faut dire que les passagers avaient sorti le grand jeu, exhibant de fastueux accoutrements. Les quatre garçons portaient des chemises à la blancheur éblouissante, Mathieu ayant même poussé l'élégance à l'assortir d'un pantalon en toile blanc et des chaussures tout aussi blanches. Seuls ses lacets et son nœud papillon tranchaient par leur noirceur. Anais et Mathilda splendides, enveloppées de magnifiques robes rouges et de tropéziennes dorées suscitaient l'admiration des badauds de circonstance. Une prouesse expresse, sachant que contrairement aux futures mariées, elles venaient juste de recevoir la consigne d'arriver en tenue de gala. Les deux jeunes filles prêtes à convoler en justes noces, portaient quant à elles, les mêmes habits comme des jumelles, une jupe sobre et ajustée surmontée d'un tailleur bleu foncé, et des talons aiguilles de dix centimètres qui suggéraient une silhouette de femme fatale.

Ils déambulèrent ainsi équipés, dans ce segment de l'avenue encombrée de pubs et casinos, rivalisant de néons obsédants et d'animations cadencées qui ne laissent pas le moindre répit aux rétines malmenées. Les touristes se fondaient avec les résidents aux styles singuliers, en parfaite harmonie avec le clinquant coloré et clignotant des façades. Beaucoup de personnes exhibaient leurs extravagances par des coiffures multicolores, des piercings dans tous les orifices possibles, des tatouages qui avaient investi la peau jusqu'aux moindres recoins de l'épiderme, des tenues de cuir à faire pâlir les plus forcenés des Hells Angels, bref un florilège de toutes les excentricités, où les égéries provocantes de la haute couture sont battues à plate couture.

Le plus surprenant était le passage dans cette zone stupéfiante, une sorte de couloir d'écrans géants, incrustés dans une voûte psychédélique de plus de quatre cent cinquante mètres de long en forme de dôme tapissé de formes picturales kaléidoscopiques. On y voit également des clips vidéo entrecoupés de publicités précédant un show visuel digne des pires délires transcendantaux. C'est une attraction rôdée et attendue, car juste avant sa mise en route, commerces, haut-parleurs diffusant de la musique, annonces promotionnelles, tout s'arrête pendant huit minutes pour laisser place à un show grandiose, un feu d'artifice virtuel sans ménagement pour les yeux, un pur et sublime spectacle à l'américaine.

Puis, sans transition, les activités reprennent, les pubs rallument leurs guirlandes d'ampoules, les boutiques de confiserie et de sandwicherie reconstituent leurs queues de clientèles snobant le risque d'obésité, et les groupes de musique reprennent du service en jouant leurs morceaux favoris et éprouvés. La bande des huit, continuant à arpenter cette rue unique au monde, découvre avec étonnement des étranges cercles tracés au sol. Ils comprennent vite leur usage, à savoir permettre une expression libre. Ce soir-là, le registre était plutôt loufoque. Un homme en caleçon tenait une pancarte avec l'inscription « free hugs », câlins gratuits, tandis que Superman et Wonder Woman les accostaient pour faire une série de photos. A peine ont-ils gracieusement décliné leur offre, que deux filles en tenue du Crazy Horse, en string et gilet de plumes, attrapent la main d'Axel pour une pose photo. Cédant aux charmes étudiés des jolies dames, il s'est fait soutirer vingt Dollars, avec tout de même un sourire reconnaissant des jeunes filles, et surtout l'amusement non dissimulé de ses amis. Maintenant, c'est Ethan qui les entraînait tous au début de la rue en passant devant des scènes géantes de groupes de rock. Arrivé à destination, il prit à part Anne et Chloé pour les inciter à monter un escalier où une file d'attente commençait à se former. En observant l'enseigne, Anne comprit le stratagème qu'il avait organisé.

- Tu vas nous faire faire ça ?
- Eh oui les filles, demain c'est le grand saut, alors ce soir c'est le petit saut.
- Tu veux que l'on face ce truc de fou ?
- Oui, on vous a pris deux places pour faire cette tyrolienne géante. Vous allez traverser tout Freemont attachées sur plus de quatre cents mètres de long et surtout d'une hauteur avoisinant les onze

étages d'un immeuble. Enfin, …si vous vous en sortez vivantes,…mais ce n'est pas gagné.

- Chloé, si tu le fais… je le fais, sinon on redescend tout de suite.

Chloé tremblait de peur, elle était pétrifiée à remarquer des candidats crispés et anxieux qui passaient sous ses yeux. Elle se reprit :

- On le fait !

Aussitôt le défi approuvé, les deux amoureuses s'équipaient déjà des harnais de sécurité. Mousquetons solidement accrochés, elles s'élancèrent sans hésitation en hurlant tout le long du parcours, accompagnées par les acclamations admiratives de leurs amis restés au sol. A peine remises de leurs émotions, et toutes ébaubies par les éloges sincères de leur public conquis, tous repartirent s'encanailler dans les nombreux casinos du quartier pour tenter leur chance en jouant quelques pièces dans les machines à sous. L'un des palais du jeu, dans lequel ils se décidèrent à entrer, était resté d'époque, conservé dans son jus typique de l'ambiance des trépidantes années quatre-vingt. Sols revêtus de moquettes rouges, devantures surmontées de grosses enseignes aux néons rose et bleu fluo, on s'attendrait à voir débarquer un De Niro paré de son costume de mafieux, et armé d'une vieille sulfateuse, genre mitraillette à chargeur rond automatique.

Poursuivant leur périple, au coin de la rue suivante, un restaurant attisa leur curiosité : le Heart Attack Grill, un intrigant établissement à thèmes, reconnu comme le plus célèbre de la vieille ville. Les serveuses sont toutes habillées en tenues d'infirmières plutôt osées, la blouse se conjuguant avec des bas résille et des porte-jarretelles, le reste emballé dans une tenue moulante, sans concession pour les formes débordantes. Quant aux clients, ils dînent affublés de vêtements de patients prêts à se rendre au bloc opératoire.

La décoration des lieux est à l'avenant, jouant de provocation, dans ce pays ultra hygiéniste. Des panneaux publicitaires vantaient la bouffée virile de la cigarette sans filtre, sublimait la promotion des alcools les plus titrés, tout en donnant le contrepoint, ironisant sur le diabète ou la crise cardiaque, par l'intermédiaire de blagues volontairement choquantes. Mais l'attraction phare c'est l'espace à fessée, réservé aux personnes qui faisaient l'affront de ne pas terminer leur repas. Dans ce cas, une charmante hôtesse armée d'une planche en bois, vient rosser le postérieur des patients à l'estomac rétif. Dans le cas contraire, elle vous raccompagnera dehors avec une chaise roulante, symbolisant ceux qui ne sont plus en mesure de se déplacer, victimes de leur gloutonnerie. Le repas est même gratuit pour les obèses de plus de cent soixante-quinze kilogrammes, dans ce temple dédié à la mal bouffe extrême.

A deux heures du matin, ils s'enquirent de trouver des taxis prompts à les ramener à l'hôtel. Mais la tâche s'avérait plus compliquée que prévu, pour cause de trajet trop peu rentable au vu de la courte distance à parcourir. Malgré la fatigue, ils décidèrent de marcher en direction du sud de Las Vegas, évitant des rues commerçantes pour s'enfoncer dans des ruelles à l'aspect peu recommandable. Très vite, ils découvrirent avec un certain embarras des grappes de prostituées qui arpentaient les trottoirs, tentant d'aguicher le client avec une lassitude non feinte.

Brusquement un grand noir, le nez chaussé de lunettes de soleil, malgré la nuit d'encre, sortit d'un estaminet aux vitrines en verre fumé dont la fonction première était d'éviter d'exposer à la vue des badauds, les activités diverses qui se pratiquaient à l'intérieur de l'établissement. L'homme aux ray ban se dirigea directement vers Axel, et lui proposa de la Marijuana, comme s'il s'agissait d'un vulgaire souvenir pour touriste. Mais surtout comme si le revendeur décomplexé savait très bien à qui il s'adressait. Amateur occasionnel, mais surtout craignant de froisser ce colosse de deux mètres, Axel accepta de lui en acheter, enfin juste de quoi se faire un joint. Serviable, le dealer en herbe, se proposa de lui rouler le cône lui-même, tout en sympathisant avec son client. La communication fut cependant fastidieuse, le niveau d'anglais d'Axel correspondant à celui en-dessous de la mer. Néanmoins, à force de gestes bien mimés, il réussit à faire comprendre à son serviable rouleur de pétard leur galère pour trouver un taxi. Illico, ce dernier s'empara de son téléphone en appelant un numéro, et sans vraiment laisser le temps à son interlocuteur, de répondre, raccrocha en déclarant :

- Taxi, ok man !

En un temps record, deux taxis sortis de nulle part, rappliquèrent en trombe pour se garer devant le malabar qui venait tout juste de ranger son smartphone.

- Hello, vous êtes français ?
- Yes heu oui, nous sommes français, pouvez-vous nous amener à notre hôtel ? Nous ne savons pas comment nous y rendre.
- Ok, montez tous les quatre avec moi. Les autres, avec mon collègue enchaîna-t-il en pointant son pouce vers l'arrière.

Il s'adressa au deuxième taxi pour lui indiquer de le suivre à l'hôtel Station.

Mathilda s'engouffra dans le premier taxi avec les trois garçons, tandis qu'Anne et Chloé accompagnèrent Anais et Mathieu dans le second véhicule.

- Hello, moi je m'appelle Oliver, je parle un peu le français, je connais Paris ….
- Bonjour vous parlez très bien le français lui répondit Dorian. Vous avez vécu en France ?

- No, no, je suis marié avec une Française. Ma femme est venue de Paris en week-end pour fêter un enterrement de jolie fille. C'est comme ça que vous dites chez vous ?
- Un enterrement de vie de jeune fille ?
- Yes, un jour, elle est montée dans mon taxi avec ses copines. Nos regards se sont croisés dans le rétroviseur et elle n'est plus jamais repartie. Un vrai flash, my friend ! Maintenant elle travaille comme croupière dans le casino Bellagio. Valerie, Vous le connaissez ? Si vous avez vu le film Ocean's Eleven, on y voit ma femme en train de distribuer les cartes sur une table de poker. Amazing, no ?

Dorian n'en revenait pas et visant Mathilda :

- Mathilda essaye de me regarder dans le rétro, des fois que cela fonctionne pour nous deux.
- J'ai beau regarder, je ne vois rien, s'exclama-t-elle en minaudant.
- Oliver, vous connaissez la boutique Pawn Stars à Las Vegas ? Enchaîna-t-il.
- Yes, vous voulez qu'on passe devant ? C'est presque sur notre route.
- Vous pensez qu'on peut y voir Rick et Chumlee ?

La boutique Pawn Stars est connue du monde entier grâce à une émission de télé-réalité qui passe en boucle depuis plus de dix ans sur plusieurs chaînes.

Le principe est de s'improviser en prêteurs sur gage et de réaliser des achats. A chaque acquisition, un professionnel expertise les objets, donne une estimation de leur valeur, puis négocie avec le vendeur. L'objectif de l'émission se focalise sur le contexte, l'originalité et l'histoire de l'objet, qui bien souvent avait appartenu à une célébrité. Avec en fond, les fresques burlesques du Grand Père Harrison (dit Le Vieux), le Père Rick, le fils Corey et son ami d'enfance Chumlee, toutes vedettes de ce show.

- Voilà, c'est là, indique le chauffeur avec son doigt bagué pointé vers l'entrée de la boutique.

- Vous pouvez nous attendre ? Le temps de faire quelques photos avec Rick ?

- Vous risquez d'être surpris, répliqua le taximan, car la notoriété a été telle que les lieux sont devenus une usine à touristes. Ils ont construit un véritable empire autour de leur business, dont un café, ou une boutique de Donuts.

- Vous n'êtes pas prêts de les rencontrer. Mais je veux bien patienter quelques minutes, si vous ne traînez pas. Et…que ce soit clair, je laisse tourner le compteur.

- Je rentre à l'intérieur et je sors illico. Qui vient avec moi ?

- Franchement je suis épuisé, mais si tu veux on t'attend dans le taxi, lui répondit Ethan au regard fatigué qui indiquait clairement son désir le plus pressant : rentrer se coucher.

Comprenant qu'il imposait à ses amis cette ultime visite nocturne, celle de trop, Dorian préféra renoncer. Mais, avant même qu'il annonce sa décision, Mathilda renchérit :

- Attends, attends je viens avec toi ! Je sais que tu suis cette émission, alors ce serait dommage de ne pas franchir la porte d'entrée, alors que tu es à dix mètres !
- Merci beaucoup Mathilda, c'est sympa de ta part. Mais...cela ne vous dérange pas de nous attendre, s'inquiéta Dorian, en s'adressant aux autres ?
- Pas de soucis, faites vite.

A l'intérieur de la boutique, cohabitaient de nombreuses vitrines d'objets en tout genre, classés par thème. On y trouvait pêle-mêle, le coin des armes à feux, celui des bijoux, ou encore des articles de sport. En face, plusieurs rayons dédiés à la musique, s'alignaient jusqu'à l'espace réservé aux motos, toutes plus rutilantes les unes que les autres. Les prix s'échelonnaient de un à un million de dollars. On pouvait s'offrir une des guitares de Jimi Hendrix, ou le colt préféré d'Al Capone ! Une armée de vendeurs accueillait les nombreux touristes en quête de stars. En effet, l'émission entretenait savamment le mythe de leur passage régulier dans la boutique où étaient entreposées les illustres reliques.

Après avoir jeté un coup d'œil rapide dans cette caverne d'Ali Baba, inaccessible aux portefeuilles étriqués, Mathilda et Dorian se dépêchèrent de rejoindre le taxi au compteur avaleur de dollars. Mais surtout, ils ne voulaient pas abuser de la patience de leurs amis en attente de couette. Finalement, le trajet passa très vite avec le sympathique Oliver au volant, qui leur préconisa quelques sites à visiter pour le lendemain, avant de les déposer au seuil de leur hôtel.

Planet Hollywood - Las Vegas – Nevada - USA

Croisement à Las Vegas

Le portable d'Aaron sonnait de bonne heure ce matin-là. Il n'avait pas l'habitude de se lever à 6 heures. Le temps de prendre une douche et de croquer un reste de biscuit de la veille. Il eut juste le temps de sauter dans un Uber pour rejoindre l'aéroport de San Francisco. Heureusement dans l'avion un petit déjeuner lui était servi. Il vérifia dans la poche de son blouson s'il avait bien pensé à son invitation pour l'inauguration de l'exposition de peinture de son ami Michello. Un artiste d'une cinquantaine d'années venant du Bronx, fameux quartier de New York. Ville où ils s'étaient rencontrés lors d'une exposition au Métropolitain Museum of Art. Ils avaient l'habitude de se retrouver dans ce genre de lieux, finissant leur soirée dans des boîtes de nuits ou sur Rooftop, les pubs perchés sur les hauteurs des buildings.

Fils d'immigrés italiens, il s'inspirait de leur région d'Italie des Pouilles. Il mélangeait aisément les magnifiques paysages avec les standards new-yorkais où il avait une boutique dans le Little Italie.

L'exposition se déroulait dans le quartier des Arts, « Arts District » à Las Vegas, autour du boulevard

Charleston. Il mit plusieurs mois à la préparer en réalisant plusieurs toiles sur la région des Pouilles notamment avec les maisons blanches de la ville d'Alberobello. Ses fins coups de pinceau détaillaient chaque fenêtre du village. Les couleurs des toits marron des maisons faisaient ressortir la blancheur des façades.

Des immenses affiches rouges annonçaient l'expo aux quatre coins du boulevard avec inscrit en grosses lettrines : The Pouilles by Michello. Elle attirait beaucoup de monde, plusieurs cars d'asiatiques venaient pour la voir.

Dès l'arrivée de son ami, ils allèrent dans le bar d'en face pour prendre un café en terrasse. Michello voulait souffler un peu et profiter de son confrère. Ils traversèrent la route sans trop faire attention au car qui arrivait à toute allure. Aaron eut juste le temps de tirer son bras pour lui éviter le choc. Le conducteur voyant les deux hommes au dernier moment bloqua ses roues, un bruit de pneus retentissant dans toute la rue. Les traces noires sur le goudron illustraient bien la brutalité du freinage.

Dans le car les passagers étaient terrifiés, Benjamin le guide les rassura immédiatement. Heureusement il avait pu les éviter et personne n'était blessé, juste une belle frayeur, et quelques affaires disséminées dans le couloir central. Le sac à dos de Mathilda se retrouvait au pied du guide avec à l'intérieur son appareil photo dont elle s'empressa de vérifier l'état.

Après quelques excuses auprès du chauffeur, les deux artistes continuèrent leur traversée pour rejoindre le bar comme si de rien n'était. Sans vraiment se rendre compte de la situation.

Dans le bus, le guide enchaîna sur la présentation du quartier pour essayer de faire oublier ce désagrément.

- Pendant qu'on est là, j'en profite pour vous montrer le quartier des Arts, « Arts District ». C'est l'endroit de vie des artistes de Las Vegas. Vous y trouverez de nombreuses salles de spectacles, de théâtre, des galeries d'art. D'ailleurs en ce moment, il y a une magnifique exposition sur la région des Pouilles d'Italie. Vous connaissez cette région ?
- Moi je connais bien, ma famille vient de là-bas, la ville de Corato vers Bari, répondit Mathilda.
- Une coratinc ?
- Un peu, si on peut dire cela.

Bon les amis, désolé nous n'allons pas avoir le temps de visiter Corato avec Mathilda, mais nous allons découvrir l'avenue principale de Las Vegas. L'avenue de la démesure, du vice, de tous les superlatifs.

La première halte fut à l'hôtel de luxe, le Luxor. Une entrée sur le thème de la luxure égyptienne qui doit son nom à la ville de Louxor (anciennement Thèbes).

La partie principale est une pyramide de cent mètres de haut et l'entrée se fait à travers une immense reproduction du Sphinx de Gizeh. Le décor comporte d'autres éléments rappelant l'Égypte, notamment des obélisques et des statues de dieux. Le complexe comporte plus de quatre mille chambres sur une trentaine d'étages. Cela le place au classement des plus grands hôtels du monde. On y trouve une dizaine de restaurants, une discothèque et bien sûr une chapelle de mariage. L'originalité de la pyramide est de posséder à son sommet un très gros projecteur qui, la nuit, illumine le ciel. Un métro aérien permet de joindre l'hôtel voisin, l'Excalibur. Lui aussi est un véritable complexe rempli de restaurants, de machines à sous, de tables de paris sportifs, mais sa particularité est orientée sur les enfants avec des combats médiévaux, des comédies et des jeux de carnaval. La visite de ces deux monstres pourrait prendre plusieurs jours. C'est pourquoi, le groupe suivait à la lettre les instructions de Benjamin pour ne pas se perdre.

Par la suite, tout le monde aura la journée de libre, sans contraintes, sans obligations. Le point de départ était la boutique M&MS avec son immense bonhomme en bonbon jaune collé à un verre géant de Coca. Lui-même face à l'hôtel New-York facilement reconnaissable avec la réplique de la statue de la liberté. Tout était grandiose et démesuré. Les boutiques étaient de véritables supermarchés, les casinos ne manquaient pas d'imagination et d'originalité. Même la Tour Effel trônait à côté de l'Arc de Triomphe, face à l'hôtel le Bellagio. Encore un monstre de beauté et de luxe sur le thème de l'Italie. À l'extérieur se déroulait, à horaire régulier, un spectacle féerique « son et lumière » toutes les trente minutes.

La grandeur des bâtiments sépara logiquement les différents groupes. Mathilda resta avec Anais, Mathieu et Rose pour flâner dans le majestueux casino Bellagio. Le hall d'entrée, avec ses nombreuses banques d'accueil pour gérer ses quatre mille personnes, éblouissait par son plafond orné d'une œuvre de Dale Chihuly faite de deux milles fleurs de verre soufflées à la main. La galerie marchande comportait la sélection des plus grandes enseignes de mode, uniquement des boutiques de luxe.

Anais passionnée des grandes marques courait de boutique en boutique. Giorgio Armani, Chanel, Dior, Fendi, Gucci, Bottega Venetta, Fred Leighton, Prada, Tiffany & Co, Hermès et bien sûr Louis Vuitton, sa marque fétiche. Ses finances ne lui permettaient pas de les dévaliser, mais elle arrivait de temps en temps à trouver la bonne affaire. En France elle économisait pendant plusieurs mois avant de s'offrir ce genre de produit de luxe. Sa dernière acquisition fut une paire de basket Louis Vuitton blanches de neuf cent Euros qui lui a valu six mois d'économie.

Rose n'était pas du tout dans la luxure. Elle restait stoïque face à tant d'engouement. Elle préférait les attendre dans le magnifique jardin botanique de l'immense verrière de quinze mètres de haut. De véritables plantes sont cultivées par cent quarante experts en horticulture qui font évoluer ce site au rythme des saisons : à Noël, au nouvel an chinois, au printemps, en été, ou encore en automne.

Voyant le temps passer, ils décidèrent de sortir voir les autres commerces de l'avenue en espérant trouver un endroit pour se restaurer.

****

L'exposition de Michello battait son plein. A tel point qu'il eut quelques commandes de riches touristes russes et chinois admiratifs de ses paysages. Le propriétaire du Hard rock Café de Las Vegas, lui-même, prit une toile pour la mettre dans son restaurant. Au premier regard, il intercepta l'artiste peintre pour lui réserver sa plus belle œuvre. Michello se proposa de la lui livrer à la fin de son expo et d'en profiter pour prendre un repas avec son ami.

- Si vous l'apportez ce soir, c'est moi qui vous invite à manger dans mon restaurant. Cela me ferait vraiment plaisir.

- Je ne voudrais pas profiter de votre gentillesse.
- Pensez-vous donc, j'insiste.
- Je viendrai avec mon ami Aaron, lui aussi est peintre.
- Aaron Carrell, bonjour.
- Bonjour Aaron, je vous réserve une table pour ce soir 20 heures. C'est bon pour vous deux ?
- Vous pouvez compter sur nous.
- A l'entrée, vous me demandez. Vassili.
- A ce soir, Vassili. répliqua Michello en prenant sa carte de visite.

****

Le rendez-vous fixé par le guide se trouvait devant la boutique M&M's. Le car attendait les derniers retardataires, garé le long de la route. Il ne manquait que les Marseillais.

- Benjamin, tu crois que j'ai le temps d'acheter un t-shirt au hard rock café ? Demanda Mathieu fan de ce type de souvenirs.
- A mon avis tu as largement de la marge, le temps que l'on récupère nos amis, les habituels retardataires.

Mathilda et Anais l'accompagnèrent pour rapporter aussi un souvenir. Il se situait juste à côté de la boutique de bonbons. L'intérieur du bar restait à l'image de la ville, grandiose. Des guitares, des motos, des morceaux de voitures, des néons, Mathilda ne savait plus où regarder. Mais la pression de l'attente du bus les obligea à n'acheter que les trois t-shirts et à sortir d'un pas tellement pressé, qu'en sortant Mathieu poussa la porte brusquement sur un client qui voulait rentrer portant un tableau dans ses mains. Il s'agissait de Michello suivi d'Aaron.

- Excuse me, I didn't see you
- It doesn't matter, we escaped the disaster

Anais leur tenait la porte pendant que Mathilda se trouvait derrière elle.

Michello et Aaron passèrent naturellement devant Anais sans la voir pour retrouver le patron des lieux. Ils n'eurent aucun échange de regard ni de la part des peintres, ni des filles qui stressaient trop de louper le bus.

- Il t'a dit quoi le type avec son tableau, Mathieu?
- Juste qu'on avait évité la catastrophe.
- Dépêchez-vous, on n'attend plus que vous, leur criait Benjamin de la porte entrouverte du car.

Pendant que le car parcourait à nouveau le boulevard, les deux peintres buvaient un verre de bière au comptoir en attendant de rejoindre leurs tables réservées par le patron. En fin de repas, il les rejoignait pour parler avec eux de la toile qu'il venait d'acquérir.

Après quelques verres de whisky, les convives commençaient à se détendre. Vassili, le patron du hard rock café connaissait bien le milieu du monde de la nuit et leur proposa de continuer la soirée dans une boîte de strip-tease située à cinq minutes de route. Ce genre d'endroit ne déplaisait pas à Aaron, ni à Michello. Il demanda à un de ses employés de lui réserver une voiture avec chauffeur, habituellement réservée au V.I.P. pour les déposer au Centerfolds Cabaret, lieu bien connu des fêtards en mal de filles sexy. Ils n'eurent aucun problème pour passer le filtrage des videurs. Vassili était un habitué de marque. La patronne vint immédiatement à leur rencontre dès leur descente.

- Vassili, heureuse de te voir dans notre maison
- Salut, ma beauté, toujours aussi belle et sexy ?
- Tu me dis toujours cela, pourtant j'attends encore ta demande en mariage.
- Bientôt ! Je suis venu avec deux amis, Veronica, nous voulons ta plus belle table et surtout tes plus belles filles.
- Soyez les bienvenus dans mon établissement. Les amis de mon ami sont mes amis, surtout s'ils sont aussi beaux que toi mon beau brun, dit-elle en frôlant la joue d'Aaron.

Elle tint sa promesse, ils consommaient leurs verres de whisky face à une barre de pole dance autour de laquelle une créature de rêve s'adonnait à une chorégraphie érotique.

Habillée d'un mini bustier et d'une jupe noire à dentelles rouges, elle tournoyait autour de la barre avec grâce. Ses chaussures à talons aiguilles noires brillantes flirtaient avec le visage d'Aaron à chaque passage. Il mangeait des yeux la belle demoiselle jouant avec la barre. Il se sentait électrisé. Installé au ras de la scène, il ne perdait pas une miette des mouvements qu'elle effectuait. D'ailleurs juste à cette minute, elle alternait entre handstand bridge, flèche assise et kneehook avec une facilité déconcertante. Le fait que sa peau nue le soit justement pour faciliter sa pratique lui permettait de divertir son public en ôtant les pièces de son costume.

Aaron venait d'ailleurs de recevoir sa jupette sur sa table. Les yeux exorbités, il laissa choir son menton de surprise. Vassili en profita pour prendre un selfie de son ami, et lui tapa dans les côtes avec son coude.

- Ne sois pas trop épaté, ce n'est que le début mon ami.

Aaron avala sa salive. La musique se fît de plus en plus calme et une voix de stentor leur annonça l'arrivée sur scène de leur diva locale : Vivien Star. Une blonde platine sculpturale vêtue d'un fourreau de dentelle blanche apparut sous le feu des projecteurs. Sa voix s'éleva vers le ciel et le silence se fît.

Nos amis restèrent médusés. Même Vassili s'y laissa prendre.

Mixant dans son répertoire du Beyoncé avec des vieux tubes de la Motown et quelques slows, elle savait tenir son public en haleine. Ses yeux se posaient fréquemment sur la table des garçons ...

Michello, lui, resta figé devant une cage où une cowgirl se trémoussait langoureusement sur les tiges métalliques, vêtue d'un simple string à paillettes. Il prenait un malin plaisir à le remplir de billets de vingt dollars.

Vassili était comme un poisson dans l'eau. Il appela la diva pour les rejoindre à leur table afin de boire un verre avec eux. Très entreprenante, elle n'hésitait pas à effleurer les attributs de notre homme d'affaires bien conscient qu'il ne s'agissait que d'encouragement à consommer. Moyennant finance, il arrivait quelquefois à rentrer en bonne compagnie.

L'alcool coulait à flots ainsi que quelques substances illicites sorties de la poche de Vassili. Plus la soirée passait, plus la table se remplissait de convives peu recommandables. Leur nouvelle connaissance faisait partie du milieu du banditisme de Las Vegas. Il passait beaucoup de temps à part dans la soirée pour parler en tête à tête à des types qui prenaient un verre et repartaient aussitôt. Ses traits se fronçaient au début et se détendaient à chaque fin de conversation s'accordant de grandes accolades. Aaron savait rester à sa place sans poser la moindre question dans ce genre de soirée. Il profitait de cette nuit torride en si bonne compagnie. L'élégante danseuse rejoignit leur table pour discuter avec Aaron. Ils échangèrent quelques baisers entre deux verres. On peut dire que le courant passait bien entre eux. A tel point qu'en fin de soirée ou plutôt en début de matinée, ils décidèrent de prolonger la soirée dans une chambre à l'hôtel au Hard Rock Café. Michello préféra rentrer seul à son hôtel, déjà concentré sur la suite de son exposition du lendemain alors qu'Aaron choisissait la compagnie de sa nouvelle copine.

Mariage à Las Vegas

Intérieur casino - Las Vegas - Nevada - USA

Le bus regagna l'hôtel rapidement, ce qui arrangeait bien nos deux futures mariées. L'heure du rendez-vous de leur mariage arrivait à grand pas. Il fallait qu'elles se pressent pour se vêtir de leurs plus belles tenues sans faire attendre le maître de cérémonie.

La Chapelle se situait à quelques minutes à pied. Accompagnées de Mathilda, les jeunes fiancées furent accueillies par Margaux, une « wedding planner» francophone. Avant de remplir cette fonction de planificatrice de mariages, cette jeune femme brune d'allure fringante encadrait des voyages sur la côte Ouest des USA à destination d'une clientèle exclusivement francophone.

Photographe de profession et organisatrice dans l'âme, elle aspirait à devenir créatrice de bonheur, une vocation profonde depuis toute petite. Son rêve devint réalité lorsqu'elle put s'épanouir en proposant des cérémonies romantiques et modernes à des couples étrangers, tout en partageant avec eux son érudition sur la culture américaine, et tout particulièrement celle de Las Vegas.

Au fil du temps et face à la concurrence, c'est accompagnée de son assistant photographe et époux, Vincent, qu'elle s'était spécialisée dans les mariages gays français.

Concernant Anne et Chloé, elle leur avait patiemment établi le programme de la cérémonie à distance en tenant compte des quelques points de détails souhaités, voire exigés par les deux amoureuses

Toujours aux petits soins pour ses clients, elle prit le temps de bien leur expliquer leurs placements respectifs ainsi que les textes à lire, sans omettre celui de Mathilda.

Dans la salle, Rose, Mathieu et Anais attendaient patiemment de faire leur entrée lorsque la musique de la marche nuptiale retentit.

Chloé vêtue d'une longue robe blanche moulante avançait coiffée de sa magnifique chevelure blonde aux côtés d'Anne toutes deux habillées du même type de robe, coupe « près du corps » mais toute noire laissant entrevoir sa silhouette parfaite. Mathilda les attendait devant le pupitre avec Elvis Presley en personne. Certes avec quelques kilos de plus que le célèbre chanteur. La scène amusait les jeunes mariées, surtout qu'elles ne comprenaient pratiquement rien au discours d'Elvis, parlant en américain bien marqué. Une fois les échanges de bagues terminés et le fameux bisou des mariées, elles se demandèrent pourquoi les trois garçons ne se trouvaient pas dans la salle.

- Mathieu, pourquoi Ethan et les autres ne sont pas là ?

- Pour être franc avec toi, j'ai senti qu'ils n'étaient très à l'aise avec votre mariage, lança-t-il au hasard pour excuser leur absence.

- Je suis déçue, je pensais qu'ils seraient plus ouverts.

Les filles partirent en direction de la porte quand Mathilda leur demanda d'attendre un peu pour tenter de prendre une photo à leur sortie. Elles jouèrent le jeu en attendant le feu vert de leur amie.

En réalité, Ethan avait organisé une surprise sur le parvis de la chapelle avec la complicité de Benjamin. Il réussit à faire venir tous les membres du voyage pour célébrer la sortie des jeunes mariées. Les Marseillais, les anciens, les Parisiens même le chauffeur, tous avaient répondu présent.

Lorsque la porte s'ouvrit les filles furent surprises de leurs présences et laissèrent éclater leur joie.

- Tu étais au courant Mathilda ?

- Bien sûr, vous pouvez remercier Ethan qui a su les mobiliser.

- Merci beaucoup Ethan, tu nous as remplies de bonheur par cette surprise.

Anne prit la parole pour remercier ses convives improvisés.

- Merci à tous d'être venus. Votre présence nous touche énormément. On n'a pas osé vous parler de la volonté de nous marier. Oui pour ceux qui s'interrogent encore sur la présence d'Elvis, nous venons bien de nous marier à Las Vegas !!!!!!! cria-t-elle en jetant son bouquet en l'air sous les applaudissements de son assemblée.

Par reflexe, Rose saisit cet objet volant non identifié sous le regard amusé des invités qu'elle s'empressa de transmettre à Mathilda.

- Désolée ma belle, mais j'ai déjà donné avec mon défunt mari Victor. Il te sera plus utile.

Ethan, Dorian et Axel s'empressèrent de former une ligne en posant leur genou au sol devant la belle brune amusée.

- Bon d'accord, mais il faudra s'organiser. Semaines paires Ethan, semaines impaires Axel et les grandes vacances avec Dorian.

La fête continua le soir grâce à Benjamin qui avait averti le restaurant de l'hôtel en regroupant les membres du voyage dans le même espace avec un gâteau de marié en fin de repas. Tous finirent la nuit devant les roulettes du casino. Mathilda accompagnée de ses trois prétendants qui répondaient à ses moindres envies, gardait jalousement son bouquet.

Vallée de feu – Nevada - USA

Vallée de feu

Good Morningggggggggggg,

- Adieu Las Vegas, la ville du Vice. En route pour la suite du circuit. Aujourd'hui nous allons voir la vallée du feu. Elle doit son nom à la couleur flamboyante de certains rochers en grès. Nous allons faire un voyage dans les temps géologiques et historiques. Vous noterez la présence d'arbres pétrifiés vieux de deux cent vingt-cinq millions d'années avec de nombreux pétroglyphes préhistoriques, expliquait Benjamin dans le micro du bus pendant l'installation des passagers.
- Les pétroglyphes sont des dessins symboliques gravés sur la roche, précisa Ethan à Dorian après consultation de Google.

A seulement une heure de route de Las Vegas, les paysages formés par les roches étaient lunaires, certains ressemblant même à des animaux comme « l'Elephant Rock ». L'érosion de la roche est arrivée à faire sortir de terre un immense éléphant avec sa trompe plongeant dans le sol. La visite des différents sites était rapide car le guide voulait leur en montrer un maximum en peu de temps pour finir au Visitor Center, sorte de musée naturel en plein milieu du désert avec des expositions sur la géologie et sur l'occupation indienne du parc. Avec bien entendu une petite boutique de souvenirs. L'endroit est très prisé des randonneurs intéressés par le grand choix de cartes et les conseils des rangers.

Mathilda rencontra un jeune couple de français dans la file d'attente pour acheter une glace. Il faut dire que la température frisait les trente-cinq degrés. Carla et Hugo venaient de Bordeaux pour parcourir l'ouest américain à pied avec leurs sacs à dos en trois semaines. Ils voulaient faire ce voyage par leurs propres moyens en prenant les transports locaux ou en faisant du stop. Mathilda était admirative de voir ces deux jeunes d'à peine dix-huit ans vivre une telle aventure. Ils mettaient à jour régulièrement un blog pour relater leur périple et ainsi rassurer leurs parents.

Leur dernière anecdote datait du matin précédent, lorsqu'au moment du réveil, ils constatèrent que de petits rongeurs s'étaient invités sous leur toile de tente. Sans aucun doute, il s'agissait de chipmunks, trahis par leurs traces de griffes et par l'abandon d'un gland au pied du matelas totalement dégonflé.

Tout en dégustant leurs glaces, ils s'amusèrent à se remémorer la scène, se voyant encore tous les deux agenouillés dans le froid à tour de rôle pour regonfler le matelas toutes les heures.

Profitant de la compagnie de Mathilda, Hugo et Carla prirent la pose au moyen du retardateur de leur appareil photo, et la publièrent dans la foulée sur leur blog en l'intitulant :

Une belle rencontre française au stand de glaces.

Sur la photo, Mathilda se découvrit mangeant sa glace vanille fraise entourée d'Hugo coiffé d'une casquette masquant ses longs cheveux auburn et de Carla dont le regard sombre ferait pâlir celui des femmes corses. Ses yeux noirs et pénétrants semblaient traduire toute sa suspicion d'un rapprochement soudain entre son partenaire visiblement émoustillé et la jolie brune de passage.

Lors de leur départ, elle les voyait mélancoliquement s'écarter progressivement de son champ de vision. Elle s'imaginait mère d'un de ces enfants. Aurait-elle eu le courage de les laisser partir ainsi ?

Elle raconta à Rose dans le bus cette brève rencontre en lui montrant le blog où elle apparaissait déjà en ligne.

- Regarde Rose comme la photo est belle, et comme ils sont choux.
- C'est bizarre, tu peux agrandir la photo sur ton portable ?

- Pourquoi ? Tu veux voir ma glace de plus près ? Gourmande.

En zoomant sur la photo, Rose s'esclaffa :

- Mais je les connais ces deux-là ! Je les ai déjà vus quelque part. Regarde de plus près en fond. Les deux bonhommes, lui avec son bouc en train de prendre une bière sur la table de derrière. C'est les deux types qui se sont trompés de chambre et que j'ai surpris devant notre porte de l'hôtel à Laughlin, lorsque je suis rentrée avant vous.

- Tu crois, fais-moi voir...

Soudain, Mathilda reconnut Sergio et Rodrigo, les deux hommes de l'aéroport qui avaient soit disant confondu sa valise avec la leur. Elle resta choquée sur son siège regardant Rose.

- C'est quand même bizarre, ils se trompent de valise, de chambre et maintenant ils sirotent une bière derrière moi. A croire qu'ils nous surveillent. T'en penses quoi ? On avertit le guide ?

- Non, mais arrête, c'est juste un hasard. Ils doivent faire le même genre de circuit que nous.

- Franchement, je ne suis pas tranquille. Je les sens pas ces deux types. Ils n'ont pas le profil de touristes, j'en parlerai aux garçons ce soir par sécurité.

Les filles s'assoupirent la tête contre la vitre du bus, le temps de se rendre à leur prochaine destination, la vallée de la Mort.

Un réveil difficile à Las Vegas

Réplique Tour Eiffel – casino Paris Las Vegas
Nevada - USA

Aaron se réveilla seul dans son grand lit d'hôtel. Il cherchait où était passée sa belle, ramenée la veille. La nuit fut torride. Quelques traces de leurs ébats amoureux traînaient dans la chambre. Plusieurs préservatifs usagés posés sur la commode de bois foncé, des chaussettes jetées aux quatre coins sur le sol, le jean sur l'angle de la chaise et même encore la présence d'un string sur le haut de la télévision. Il réalisa qu'elle était encore là, lorsqu'il entendit le bruit de l'eau de la douche dans la salle de bain. Elle en sortit, nue, encore toute trempée avec juste une serviette sur la tête pour sécher ses longs cheveux noirs. Des jambes longues et des fesses bombées. Elle sauta directement sur le lit faisant rebondir sa généreuse poitrine.

- Alors mon beau brun, Tu as bien dormi après cette superbe soirée ?
- Grâce à toi, d'ailleurs, dit-il en l'enlaçant.
- Ah non arrête, il faut que j'aille au taf ce matin.
- Mais la boîte est fermée à cette heure.
- Non, mais j'ai un deuxième boulot en semaine, le club, c'est en extra. Je travaille dans un institut de beauté. Je m'occupe d'arracher les vilains poils de jambe de ces demoiselles. D'ailleurs tu devrais venir me voir, que je m'occupe de ton torse velu.
- Tu rigoles, je l'ai tondu il y a tout juste un mois.
- Un mois !!!!! Attends que je sorte ma pince à épiler.

Elle mima le geste de la pince lorsqu'il l'enlaça à nouveau et l'embrassa langoureusement. Cette fois, elle se laissa aller à ses caresses tout en tentant de prendre le dernier préservatif sur la commode. Pendant qu'il la couvrait de bisous et de léchouilles, elle déchira le sachet du préservatif qu'elle lui glissa délicatement sur le sexe et lui monta dessus pendant qu'il restait allongé. Après plusieurs minutes et positions improbables, elle lui lança :

- Tu as fini ? Je suis bonne pour reprendre une deuxième douche.

- Oui mais cette fois ne tente pas de ressortir sans serviette sinon il va falloir ouvrir une seconde boîte.

Elle retourna dans la douche pendant qu'il essayait de réunir ses affaires. Cette fois, elle avait pris soin de se couvrir avec le peignoir à l'effigie de l'hôtel brodée de fil doré. Elle s'habilla rapidement afin de récupérer son retard. Il la raccompagna jusqu'à la porte pour lui donner un dernier baiser.

- Si je veux te revoir ? Je ne sais même pas ton nom ?

- Ne cherche pas mon nom. Si on doit se retrouver, le destin fera que l'on se retrouvera. Bye mon bel étalon.

Elle partit appeler l'ascenseur et s'y glissa dès son arrivée sans même se retourner. Il la regarda partir sans rien dire. Son téléphone interrompit ce joli moment par ses notifications. Il prit son portable pour les consulter pendant que la porte de l'ascenseur se ferma. Cela semblait important au vu des traits tendus de son visage. Certainement une nouvelle transaction.

Il s'empressa de rejoindre la réception pour régler la note.

- Bonjour, j'aimerais régler ma chambre rapidement.
- Quelle chambre monsieur ?
- La chambre 108.
- Elle est déjà réglée, votre dame l'a payée il y a déjà quelques minutes, monsieur.
- Elle a laissé un nom, elle a peut-être payé par carte bleue. Vous pouvez vérifier ?
- Désolé, elle a payé en espèces. Je ne peux rien faire pour vous. Par contre elle a laissé une enveloppe pour vous, je crois.

Il la décacheta rapidement.

« Au plaisir de se revoir, merci pour cette soirée d'amour mon bel étalon. Je t'ai laissé ma carte pour ta prochaine épilation»

Il resta surpris, il pensait qu'il était tombé sur une fille que l'on rencontre dans ce genre d'endroit profitant de l'argent de ses clients. Il retourna la carte dans tous les sens espérant trouver un numéro de téléphone.

Il trouva bien les coordonnées de son institut :

Grain de Beauté

-

Institut de beauté

Manucure, épilation, ...

Sur rendez vous

Phone : +1 813 9999 203

Elle avait peut-être raison, seul le destin les fera se retrouver. Aurait-il cette chance ?

Il monta dans un taxi garé devant l'hôtel pour se rendre de nouveau à l'aéroport. Il rentrait chez lui à San Francisco. Sur la route il envoya un SMS à son ami Michello pour le remercier de l'invitation et surtout de la soirée passée.

- Merci Michello pour cette superbe soirée, Bien rentré ?
- J'ai mal au crâne, trop bu, et toi mon coquin ? Tu as fini en bonne compagnie ?
- Oui, je t'en parlerai à une prochaine expo.

Dès l'arrivée à l'aéroport de Las Vegas et à peine le premier portique de sécurité franchi, Aaron fut pris à parti par deux hommes en costume cravate et lunettes de soleil, montrant leur carte du FBI. Ils l'incitèrent à les suivre dans les bureaux de la douane situés dans les souterrains de l'aéroport. Il les suivit sans opposer de résistance mais ne comprenant pas la situation. Au dédale des couloirs, il voyait dans des box les agents de la douane qui fouillaient quelques valises de voyageurs douteux. Sur des chaises patientaient deux colombiens, menottés en attente de passage au scanner pour vérifier s'ils avaient ingurgité des boulettes de cocaïne. Le doute frappa Aaron en se revoyant snifer quelques lignes la veille dans le cabaret. Mais le FBI n'allait pas se déplacer pour une simple consommation de drogue. Il devait s'agir d'un autre sujet.

- Rentrez dans ce bureau Monsieur Carrell et asseyez-vous sur la chaise au fond.

- Pouvez-vous m'expliquer pourquoi je suis ici ?

- N'ayez pas peur, nous voulons juste vous poser des questions sur votre ami d'hier soir.

- Hier soir ? Mais je ne sais même pas ce que je faisais il y a une heure, alors hier soir …

- Nous allons vous aider. Regardez ces photos prises au restaurant de Monsieur Costa, et celles dans le cabaret de Madame Becket, dite Veronica.

- Oui Veronica, je me le rappelle, une femme sympa. Mais je ne comprends toujours pas ?

- Et cette photo ? Dit-il en lançant sur la table la photo d'une peinture de Léonard de Vinci.

- Ah ! Je connais bien, c'est la peinture du Christ, le Salvator Mundi de Léonard de Vinci. Je suis amateur de peinture, je tiens une boutique de peinture à San Francisco.

- Nous le savons bien Monsieur Carrell. Justement, cette toile a été dérobée en France au Louvre, et nous pensions que vous pouviez nous éclairer sur des personnes qui seraient susceptibles d'être intéressées par son acquisition. Comme votre ami Monsieur Costa Vassili par exemple.

- Vous y allez fort. Je le connais à peine, je l'ai rencontré pour la première fois hier soir par hasard en mangeant dans son restaurant.

- Et vous avez l'habitude de vous partager des lignes de coke ensemble. Regardez cette photo prise dans le cabaret par les caméras de surveillance.

- Ben écoutez, on a trouvé des hobbies communs. Je vous assure je n'ai aucun rapport avec ces gens-là. Je suis un simple peintre de San Francisco venu pour l'exposition de mon ami.

- Justement en parlant de peinture, comment faites-vous pour avoir un train de vie aussi élevé ? On vous géolocalise dans plusieurs endroits de la planète, avec des personnes de la jet set. On a aussi des traces de transactions douteuses sur internet. Vous comprendrez qu'on se pose autant de questions sur vous, Monsieur Carrell.

- Je comprends, mais il s'agit d'amis qui m'invitent dans leurs luxueuses villas pour me faire profiter de leurs richesses. Malheureusement je n'ai pas leur argent. Et pour vos transactions internet, désolé mais à part quelques dizaines de commandes de toiles à cinq cent dollars, je n'ai pas d'autres genres de transaction. En plus on ne peut pas dire que je suis un pro d'internet. J'ai encore du mal à faire des achats sur Amazon pour commander de simples pinceaux.

Le deuxième agent jusqu'à là en retrait intervint en coupant la parole de Aaron.

- Ecoutez-moi bien, on va vous laisser partir tranquillement à votre petite boutique pour faire vos soit disant tableaux. Sachez une chose, on ne va pas vous lâcher. Dès que vous entendez le moindre écho sur ce tableau, n'hésitez pas à nous appeler. Tenez ma carte.
- Je peux partir ?
- Vous pouvez y aller. Pour cette fois.
- Vraiment vous faites fausse route. Je n'ai aucun lien avec ces gens ni avec ce tableau. Dit-il en se levant de sa chaise.

Les officiers l'accompagnèrent au comptoir d'embarcation.

Dans l'avion du retour, il se connecta grâce à son téléphone portable, sur son ordinateur à distance. Il vérifia sa messagerie cryptée. Un message attira son attention. Son interlocuteur OviniZoom lui avait écrit en privé. Le mail disait qu'il devait se méfier, qu'il avait découvert des logiciels espions sur son site certainement des cybers experts du FBI. Ce qui pouvait expliquer cette interpellation. Malgré ce message Aaron restait stoïque et profita des une heure quarante de vol pour faire une micro sieste sans se soucier du reste, et en repensant tendrement à sa jolie partenaire de jeu.

Partie de Golf dans le desert de la Vallée de la mort Death Valley - Californie - USA

La Vallée de la mort

Dans la vallée de la mort, l'autocar s'arrêta au milieu du désert. Benjamin s'adressa à ses touristes.

- Nous nous trouvons à une altitude de 85 mètres sous le niveau de la mer, et la température extérieure est de 45 degrés. Ne vous éloignez pas trop, nous ne resterons pas longtemps, les risques de déshydratation ou d'insolation ne sont pas à prendre à la légère.

Les voyageurs descendirent du car pour s'immerger dans le paysage. La lumière qui se reflétait dans le sable blanc leur aurait brûlé les yeux s'ils n'avaient porté des lunettes solaires. L'air lourd de chaleur leur pesait sur la poitrine. Jusqu'à l'horizon, il n'y avait que ce sable dans lequel roulaient, ça et là, des buissons de prosopis poussant dans les endroits les plus arides du monde.

Mathilda se crut soudain plongée dans le vieux Western « le bon, la brute et le truand » qu'elle regardait avec son grand-père et chercha machinalement du regard un vautour rodant autour d'os blanchis. Cependant, autour d'elle, elle vit juste les groupes inoffensifs, armés non pas de revolvers mais de smartphones, pour prendre des selfies dans des poses parfois saugrenues.

Chacun s'était dispersé dans cet immense décor naturel. La place ne manquait pas pour faire des photos individuelles.

- Mathilda, tu peux nous faire une photo de groupe ?

- Avec plaisir.

Elle fut étonnée que les trois couples de parisiens lui demandent ce genre de service et connaissent son prénom. Ils étaient restés ensemble durant tout le voyage sans se mêler aux autres passagers. Au restaurant, ils prenaient la même table, dans le bus, ils s'organisaient pour se placer côte à côte, dans les excursions de même. Ils s'arrangèrent pour profiter de leur voyage dans un microcosme. Mais ils n'agissaient pas non plus de manière sauvage avec les autres voyageurs. C'est juste l'envie de vivre ce moment présent entre eux.

- Vous voulez une photo en paysage ? Le monsieur à droite vous pouvez vous serrer de quelques pas ?

- Tu peux l'appeler Denis. Vous vous rendez compte, on est tellement entre nous que la pauvre ne connaît même pas nos prénoms.

- T'as raison Pascale, on est de vrais sauvages, lui répondit Denis.

Pascale et Denis habitaient à Paris depuis peu, pour passer leurs retraites. Denis mesurait 1,80 mètre avec les cheveux bien dégarnis à la limite d'une calvitie avancée. Il travaillait en Suisse dans une entreprise internationale spécialisée dans les meubles et équipements pour les DOM-TOM. Son poste d'acheteur lui permettait de se déplacer dans le monde entier pour trouver et négocier les objets à proposer aux différents magasins installés dans les Iles françaises. Sa femme Pascale, une brune aux cheveux ondulés, légèrement plus petite que lui, travaillait sur un poste d'aide à domicile. Au vu de la situation professionnelle, elle aurait pu se passer de travailler mais par passion, elle préférait se consacrer au soin des personnes âgées.

- Bon ! Denis ! Ne bougez plus. C'est bon.
- Merci beaucoup Mathilda. Je m'appelle Pascale. Tu viens de nous faire réaliser que personne ne nous connaît à cause de notre comportement.
- Effectivement, on ne peut pas dire que votre groupe est ouvert à la discussion. Mais je peux comprendre que vous ayez envie de vivre ce séjour entre vous.
- On va essayer de faire un effort quand même.
- Si cela vous dit, ce soir on peut se mélanger au restaurant ?
- Pourquoi pas. Très bonne idée.

La tâche ne sera pas facile étant donnée la distance naturelle qu'ils avaient déjà mise avec les autres. Les deux autres couples, aussitôt la photo prise partirent machinalement ensemble, laissant Mathilda et Pascale.

- Effectivement ce n'est pas gagné, ils n'ont même pas vu que l'on était là. Fais-moi confiance, je vais les sermonner, dit Pascale pour les excuser.

Le Chauffeur les amena sur un deuxième point de vue tout aussi surnaturel mais avec plus la présence humaine. Un musée situé en plein milieu du désert : Le Borax Museum, construit dans les années 1880 pour mettre en évidence les chercheurs d'or et de l'exploitation du borax, un sel cristallin blanc qui était un remède familial utilisé aujourd'hui dans l'industrie pour la fabrication de verre et de produits chimiques. De nombreux objets sont présentés de cette époque, comme des locomotives, des wagons et des outils de la mine. Un auditorium sur les richesses de la flore et de la faune. A l'entrée se trouvait un thermomètre affichant 120 F. Le groupe des Marseillais se mit autour pour faire des poses photos. Cela ne correspondait pas au poids des sudistes Français mais bien à la température de 120 Degrés Fahrenheit soit 48.848 en degrés Celsius. Il faisait très chaud aujourd'hui, même pour des Marseillais.

Heureusement, à l'intérieur, la température était plus agréable. Il fallait même éviter de sortir trop rapidement pour ne pas être pris d'un malaise en raison du choc thermique.

La route pour se rendre à l'hôtel Bakersfield allait être longue. Il fallait quatre heures pour traverser le désert et la Vallée de San Joaquin, le grenier de l'Amérique. La région permettait de fournir cinquante pour cent de fruits et légumes des Américains. Les plantations de tomates fournissaient quatre-vingt pour cent de l'Amérique. C'est d'ailleurs pour cela qu'ils se ressemblaient tous. Chaque restaurant avait les mêmes fruits. Souvent les mêmes types d'oranges, le même calibre, la même couleur. Toute l'industrie agro-alimentaire des USA y était représentée, forte de terre fertile et de main d'œuvre à bas prix en exploitant des immigrés mexicains.

Pascale proposa à ses cinq amis de faire un effort pour se mêler aux autres voyageurs.

- Nordine, ce soir on essaye de manger avec d'autres personnes.

- Mais pourquoi ? On est bien tous les six. On peut se permettre d'être nous-mêmes.

- Oui je te comprends, moi aussi mais nous pouvons au moins faire un effort ? Regarde la pauvre Mathilda, elle ne savait même pas nos prénoms.

- Bon, je veux bien. On verra ce soir si l'on peut trouver une plus grande table pour éviter de se séparer. Il faut y aller doucement.

Le bus arriva en pleine nuit à l'hôtel. La fatigue se lisait sur leurs visages. Ils s'empressèrent de récupérer leur badge pour vite se rendre dans leur chambre. La plupart prirent une douche, d'autres se rendirent directement à la salle à manger, pressés de manger afin de se coucher le plus rapidement possible.

Nordine et sa femme Isa en faisaient partie. Ce couple était originaire de St Denis, lui en tant qu'électricien en bâtiment à l'institut Pasteur pour installations électriques pour l'ensemble des locaux du centre de recherche. Quant à elle, elle travaillait dans un C.C.A.S., Centre Communale d'Aide sociale en tant qu'assistance sociale dans un centre de quartier. Elle aidait à garder un lien social avec les habitants en organisant des sorties ou des animations. Leur rencontre avec Pascale remontait à dix ans lors d'un atelier couture pour permettre aux habitantes de profiter des conseils d'une ancienne couturière qui officiait dans une usine de ganterie. Ce jour-là, Pascale voulait profiter de cette journée pour sortir sa patiente Josette de son appartement où elle passait de très longues journées dans l'attente de recevoir ses petits-enfants. Leur passion pour les autres furent le point commun qui les gardait unis depuis toutes ces années.

Benjamin restait à la réception pour essayer de trouver une solution au problème de voisinage pour les chambres d'Anne et Chloé. Leur chambre était contigue à celle de touristes avec deux chiens fort bruyants, à chaque mouvement dans le couloir. D'après les aboiements, il s'agissait de deux bergers allemands ou du même type de molosse. Il réussit à négocier avec le personnel de l'hôtel une suite de grand luxe dans l'autre aile du bâtiment.

- Regarde nous avons un jacuzzi dans la salle de bain, Anne.
- Le lit est énorme ! Je te préviens je prends le côté droit.
- Regarde, nous avons un salon avec un coin télé.

Les deux filles étaient surexcitées en explorant les différentes pièces de leur suite. Mathilda ne tarda pas à les rejoindre.

- Il paraît que vous avez une suite royale ? dit-elle en franchissant la porte d'entrée.
- Mais c'est magnifique, il y a même une terrasse dominant la piscine. Moi aussi je veux la même, dommage que Rose ne ronfle pas. Vite trouvez-moi Benjamin qu'il me change de chambre.
- Désolée, le ronflement n'est pas considéré comme nuisible dans les hôtels aux USA. Si tu es sage tu auras le droit de prendre un bain, lui répliqua Chloé
- En attendant, j'ai faim, je file au restau, les filles. Vous venez avec moi ? Vous testerez votre jacuzzi après le repas.

En se dirigeant au buffet, Mathilda observa que le groupe de Pascale avait repris ses habitudes.

En effet, Fabrice et Marie avaient rejoint la table de six, réservée par Nordine et Isa. Pascale et Denis n'eurent pas d'autre choix que de les rejoindre. Lorsque Mathilda passa à leur hauteur, elle ne put s'empêcher de leur faire un petit sourire gêné. Ils n'arrivaient pas à se séparer.

- Vous abusez, de quoi j'ai l'air. On devait essayer de se mélanger et vous, à la première occasion, vous vous coller.
- Oui mais à quoi bon, on a fini le voyage dans quelques jours et on est tellement bien entre nous, lui répondit Fabrice.
- Et puis dis-moi pas, que de retour à Paris, tu vas tous les revoir pour faire une soirée photos ? Tu sais très bien comment cela va finir. On va tous se retrouver avec nos enfants et amis autour d'un bon apéro à revoir nos parcours sur la route 66.

Fabrice tenait un restaurant sur l'avenue des Champs Elysée avec sa femme Marie. Elle avait dix ans de moins que lui et tenait un salon de coiffure au moment de leur rencontre. Elle avait mis fin à son activité lorsqu'il lui avait proposé de reprendre cette brasserie sur cette fameuse avenue. Tous deux étaient novices dans le domaine de la restauration mais l'envie de vivre un nouveau défi les avait motivés. Après quelques débuts compliqués, leur affaire prospérait grâce à leur acharnement. Il s'agissait de leur première vacance depuis l'ouverture. Ils voulaient profiter de chaque instant. Fabrice profitait surtout des buffets. Il tentait de goûter tous les plats possibles garnissant son assiette au grand désespoir de sa femme et de son taux de diabète.

Le repas se faisait dans un grand silence, habituellement les marseillais jouaient les trublions mais le voyage du retour avait eu raison de leur légendaire joie de vivre.

Histoire de s'alléger de sa culpabilité face à ses excès culinaires et de se dépenser un peu afin de rejoindre plus sereinement les bras de Morphée, Anne se décida à faire un jogging nocturne, armée de sa seule frontale à leds.

A son retour, elle récupéra au passage à la réception une bouteille de champagne qu'elle avait commandée pour l'occasion. C'est toute transpirante et encombrée d'un seau dans lequel trônait fièrement un magnum millésimé, qu'elle découvrit Chloé se prélassant dans le jacuzzi au milieu d'une montagne de mousse. Sans plus attendre, équipée de deux flûtes à champagne où fusaient des bulles qui disparaissaient telles des étoiles filantes avalées par un trou noir, Anne se glissa à son tour dans l'eau agréablement onctueuse. A peine installée, elle s'enivrait déjà du parfum de jasmin et de vanille du bain moussant que sa compagne avait abondamment versé dans la baignoire à l'aide de petites fioles offertes par l'établissement.

Après avoir tendu une coupe à Chloé, elle renversa sa tête sur l'appui du jacuzzi, tous ses muscles encore meurtris par sa course de noctambule trouvant là l'espace idéal pour se détendre avec volupté. Chloé l'observait les yeux mi-clos, en savourant quelques gorgées de liquide dorée, et distinguant au-dessus des amas de mousse les tétons d'Anne qui émergeaient telles deux îles flottantes. Tout était sensualité dans cette ambiance de torpeur et de buée. Tout doucement, ne voulant à aucun prix brusquer sa fiancée abandonnée à son assoupissement, Chloé sortit un pied de l'eau qu'elle dirigea avec une infinie délicatesse vers sa poitrine flottant au milieu des icebergs d'écume. Au moment où les chairs se frôlèrent, ce contact provoqua une petite réaction de Anne qui entrouvrit les yeux, un peu surprise, mais très réceptive, puisqu'elle les referma aussitôt comme si de rien n'était. Avec des mouvements circulaires, Chloé entreprit de masser ses mamelons fermes et tendres à la fois qui semblaient se durcir, et se teinter d'écarlate au fur et à mesure des assauts répétés de son oignon à l'ongle vernis manucuré. Percevant l'extase montante de Anne, elle s'enhardit en déployant sa seconde jambe, et dans un magnifique exercice d'équilibriste, massait désormais généreusement des deux pieds la poitrine de sa fiancée. Cette dernière commençait à émettre de petits gémissements, et n'y tenant plus malgré quelques instants de résistance, elle glissa sa propre main sous l'eau pour entreprendre quelques mouvements de va et vient sur ses zones les plus érogènes. Comprenant son désir, Chloé l'invita à poursuivre ses investigations, et même à l'accompagner dans sa mission intime. Replongeant son pied sous la surface aqueuse, elle le dirigea cette fois-ci après une courte exploration sous l'eau, entre les jambes de sa compagne. Il lui suffisait de laisser glisser sa voute plantaire sur sa cuisse jusqu'à atteindre l'entrejambe, avant d'introduire délicatement son doigt de pied dans l'antre déjà béant. Ce qui provoqua un cri proche du rugissement de la part de sa toute fraîche fiancée. Chloé accentua sa pénétration pédicurée, mais Anne au bord de l'explosion ne voulant pas s'adonner en solo à ses spasmes ascendants, se releva brusquement et se renversa sur son amoureuse, pour l'embrasser à pleine bouche, éclaboussant au passage parois et tapis de bain. A son tour, elle se consacra au plaisir de sa partenaire, ses ongles longs s'avérant dangereux pour certaines pratiques érotiques. Désormais toutes ses lèvres étaient occupées, gonflées de désir, inondées de fluides abondants qui l'amenèrent au sommet de la jouissance si rapidement qu'elle en fut surprise elle-même.

Ivres de plaisir l'une et l'autre, elles se serrèrent dans leurs bras, et après s'être aspergées avec le champagne restant, s'immergèrent de nouveau dans la mousse dans un grand éclat de rire.

Elles savaient maintenant à quel point elles s'aimaient, étourdies de désir et de complicité.

Le parc national De Sequoia

Parc national de sequoia - Californie - USA

Good Morninng.

Ce matin, le car filait vers le parc national de Sequoia. Encore un endroit où la nature fit des merveilles. Le parc regorgeait des plus grands arbres du monde. Il se trouvait à une heure trente de route de Bakersfield. L'entrée du parc était gérée par les rangers, vêtus de leur tenue verte, coiffés de leur chapeau large et arrondi sur le dessus. Afin de réguler le flot de voyageurs, ils gardaient leurs barrières à chaque entrée tel un péage.

Le guide avait prévu une journée plus paisible compensant celle plus chargée de la veille : Un pique-nique dans les bois avant de repartir sur la civilisation moderne de la dernière destination, San Francisco.

Benjamin s'occupait de distribuer les tâches à chacun. Une personne pour couper le pain, une pour la charcuterie, une pour le fromage, une autre aux fruits et une dernière aux cubis de rosé. Pascale profita de ce moment convivial pour inviter Mathilda.

- Mathilda, viens manger avec nous.
- Merci, j'arrive avec Rose.

Elle semblait étonnée de cette invitation. Seraient-ils prêts à s'ouvrir aux autres ?

- Vous êtes sûre que je peux venir ? Vous allez devoir me parler et ainsi faire un échange avec moi.
- Arrête de nous chambrer, on sait que l'on est des ours, alors laisse nous un peu de temps.
- Des ours dans ce milieu, je devrais me méfier, dit-elle en riant.

Cette petite touche d'humour détendit les autres, restés en retrait. Cela leur permit de se présenter auprès de la jeune fille. Les quelques verres de rosé aidant, Nordine et Fabrice commencèrent à discuter avec les Marseillais restés bloqués dans le coin cubis.

Le sujet principal tournait autour du foot, notamment autour de la coupe du monde avec les chances de l'équipe de France d'aller en finale. Il faut dire que pendant le voyage se déroulait la coupe et que la finale devrait avoir lieu lors du vol retour en France. Ils arrivaient à s'entendre sur certains points sauf sur les joueurs de l'équipe de Paris et de Marseille. L'éternelle tension entre le PSG et L'OM subsistait encore même à neuf mille kilomètres.

La journée libre dans le parc leur permettait de flâner autour de ses majestueux monstres d'écorces et de branches. La hauteur des cimes dépassait les quatre-vingts mètres. Certains d'entre eux portaient des noms de généraux d'armée US. Le Général Sherman, le Général Grant figuraient parmi les plus grands du monde avec respectivement quatre-vingts et quatre-vingt-un mètres.

Dorian, Ethan et Axel, toujours aussi facétieux, s'accordèrent pour se cacher dans un tunnel taillé dans un arbre couché à terre, barrant la route, et de dimensions telles que les voitures pouvaient passer dessous. Ils se planquèrent dans un recoin sous la voûte du tronc-caverne et attendirent patiemment le passage de Mathilda pour la surprendre. Dès qu'ils l'aperçurent, arrivant à leur hauteur, ils bondirent de leur zone d'ombre comme des diables sortant de leur boîte, ce qui inévitablement provoqua des cris d'effroi de leur amie terrorisée. Opération réussie, mais constatant la panique de Mathilda qui avait du mal à retrouver son souffle et ses esprits, les trois garçons à la mine penaude se gardèrent bien d'en rire.

Encore tremblante, Mathilda rejoignit Anne, et lui fit part de sa colère en haletant.

- Ils sont trop nuls, j'ai vraiment eu peur, fulminait Mathilda.

- Je les ai vus au loin préparant leur coup, mais je ne pensais que tu aurais aussi peur de ces trois monstres, répondit Anne, avec une pointe de raillerie.

Alors que seul, en couple, ou en petits groupes chacun déambulait au gré des multiples sentiers forestiers du parc, la plupart convergèrent vers la boutique de souvenirs, qui comme un siphon ouvert ramenait au même endroit toutes les particules qui flottaient librement. Ils farfouillaient à grandes brassées dans les bacs, pour en extraire et examiner divers gadgets en vrac, tous estampillés avec les emblèmes du parc.

Benjamin les retrouva tous, comme le berger ses brebis, dans la cabane à babioles et les invita à rejoindre le bus prêt à avaler une flopée de miles afin d'atteindre sa toute dernière destination : San Francisco. Il fallait compter plus de quatre heures de route.

Au cours de ce long trajet, les occupants s'organisèrent pour choisir les places vacantes pour profiter du voyage plus confortablement. Marie s'était déplacée d'un siège au bénéfice de son mari. Deux sièges à lui tout seul étaient tout juste suffisants pour lui permettre de se reposer et étendre sa forte corpulence. Elle se trouvait maintenant aux côtés de Mathilda, qui n'arrivait pas à dormir.

- Tu habites Paris, Mathilda ? questionna Marie.
- Oui, Paris même. Vers Boulogne Billancourt. Et toi ?
- Nous on travaille sur les Champs Elysées mais on habite à vingt-cinq minutes de Paris à Marne la Vallée. Tu connais ?
- Marne la Vallée ? Tu plaisantes ? Tu parles à une accro de Disney Land.
- Oui effectivement on habite à côté de chez Mickey.
- Je ne manque pas une occasion d'y aller. La parade de Noel, d'Halloween, du printemps et de l'été.
- Pareil, cette année, j'ai même pris la carte Pass annuel pour y aller lors de nos jours de repos, lors de la fermeture du restaurant.

A partir de ce sujet, les deux femmes se livrèrent à une longue conversation durant tout le reste du voyage. Emportées par leur dialogue passionné et le déballage de tous leurs soucis parisiens, elles en oublièrent les fabuleux paysages qui défilaient sous leurs yeux.

Truck - Oakland - Californie - USA

Oakland

L'hôtel qui les hébergeait pour la nuit ne se situait pas à San Francisco même. Le bus s'arrêta à Oakland. En effet, les tours opérateurs avaient privilégié cette bourgade afin de réduire le coût des voyages. L'explosion de l'industrie technologique de pointe, entraînait une pénurie de fonciers, et les prix des logements de la ville de San Francisco atteignaient des sommets. Entre Google, Apple, Facebook et bien d'autres, ces entreprises ont permis l'émergence d'environ soixante-dix milliardaires, et de près de cent-cinquante mille millionnaires. Face à cette population pléthorique la ville fait face à un manque de logements, et les personnes aux revenus les plus modestes (pourtant nantis au regard du niveau de vie moyen d'un américain), quittaient la ville incapables d'acheter à des prix trois fois supérieurs à ceux en vigueur à Paris qui pourtant atteint déjà des records.

L'hôtel se situait dans un quartier tranquille perpendiculaire à une avenue centrale. Deux factotums attendaient devant l'entrée de l'établissement pour gérer les nombreuses valises de nos touristes, au grand étonnement du chauffeur, habitué à s'en charger lui-même, et aux passagers, exemptés de prêter main forte à Raoul. Armés de chariots en métal, les deux employés s'empressèrent de vider les soutes de leur contenu.

Un rutilant piano à queue noir laqué était posé à la droite d'une réception au décor lambrissé, procurant une ambiance sombre et feutré. Depuis le haut plafond à caissons, des lustres de cristal plongeaient sur la banque où patientait le réceptionniste, un grand gaillard de plus d'un quintal, vêtu d'un pantalon et d'une chemise tout aussi noirs que son propriétaire. Benjamin s'acquittait avec lui des formalités administratives, pendant que Raoul attendait au bar le retour du serveur pour s'offrir un rafraîchissement.

- Tu ne t'occupes pas des valises, Raoul ? questionna Benjamin.

- Non, pour une fois que le room service fonctionne.

- C'est nouveau ici ? Ils se sont modernisés ?

- Ecoute, je ne vais pas me plaindre. Je vais en profiter pour boire un verre. Tu prendras quelques choses avec moi ?

- Avec plaisir, j'arrive dans cinq minutes.

Tous deux appréciaient cette aide inattendue des bagagistes, qui leur permettait de souffler un peu, et d'éviter pour une fois la corvée des valises à recenser ainsi que la remise des clefs, des épisodes un peu stressants, car il y avait toujours des oublis ou des erreurs prêtant le flanc aux contestations.

Cette fois-ci chaque voyageur pouvait se rendre directement dans sa chambre en attendant que les valises les rejoignent.

La sonnette de la porte de Rose carillonna.

- Ah les valises ! Mathilda, les valises arrivent.

Le bagagiste posa leurs bagages devant la porte sans un mot, prenant tout juste le temps de saluer Rose d'un furtif hochement de tête. Certainement la barrière de la langue, pensa Rose

- Mathilda, la tienne n'est pas encore là.
- Pourquoi ?
- Ils sont deux bagagistes, d'après ce que j'ai compris. Elle doit être encore avec l'autre bonhomme.

En effet, sa valise était restée sur le second chariot chargé de desservir les différents étages. Heureusement Mathilda avait conservé avec elle son sac à main, suffisamment garni afin de s'apprêter pour la soirée. Ils allaient tous pouvoir déambuler dans les rues adjacentes sans guide, au gré de leurs intuitions ou de leur humeur, ou comme pour Ethan en suivant les avis et recommandations des différents sites internet.

Les nouvelles mariées, Anne et Chloé, déjà frétillantes à l'idée de découvrir San Francisco by night, prirent l'ascenseur pour se rendre les premières à la réception où elles avaient donné rendez-vous à

Mathieu et Anaïs. Arrivée au deuxième étage, la cabine s'arrêta laissant s'engouffrer les deux bagagistes avec leurs chariots, et tous se rendirent au rez-de-chaussée. Dès l'ouverture de la porte, galanterie oblige, ils laissèrent d'abord sortir les deux filles, puis après un rapide coup d'œil dans le hall, se dirigèrent vers la sortie, et propulsèrent les deux chariots sur le trottoir de l'hôtel, alors même qu'une valise s'y trouvait encore. Tout en marchant, ils se débarrassèrent de leurs casquettes en les jetant dans la première poubelle venue. En tournant dans la rue sur la droite, ils retirèrent cette fois-ci leurs vestons pour les enfouir dans une seconde poubelle, puis continuèrent leur chemin d'un pas très décidé. L'un d'entre eux portait à la main une fine planche dissimilée dans du papier bulle et tentait de la camoufler contre sa poitrine. Après avoir ainsi parcouru quelques centaines de mètres, brusquement ils accélèrent le pas à la limite de la course, jusqu'au détour d'une entrée de parking souterrain. Quelques minutes plus tard, un gros 4X4 en surgit en faisant couiner ses énormes roues crantées sur le sol cimenté.

- Enfin, on a réussi. Appelle vite le boss Sergio.
- Ouais, mais il a intérêt à nous payer surtout, car je veux bien faire le faux guignol dans un hôtel et suivre un car pendant plusieurs jours, mais mainte-

nant il faut qu'il passe à la caisse, rétorqua son acolyte

En effet, il s'agissait bien des deux compères Sergio et Rodrigo. Ils avaient enfin réussi à subtiliser la valise tant convoitée pour en extraire une fine planche de bois. Sans doute un message d'un vieux papyrus, un texte orignal d'un auteur célèbre, ou autre précieux document. En tout cas, tout laissait à penser qu'il s'agissait d'un objet de valeur compte-tenu des nombreuses tentatives prises pour s'en emparer.

- Allo chef,
- Oui ? Un petit silence s'ensuivit, Sergio laissant volontairement le suspense s'installer ….
- Alors quoi ? Je vous ai dit de ne plus appeler sur cette ligne pour rien.
- Justement, … ce n'est pas pour rien. C'est fait. On l'a, déballa Sergio incapable de se retenir plus longtemps.
- Parfait, parfait …. je vous attends à l'endroit habituel ce soir. 23 heures pile.

Il raccrocha aussitôt, laissant Sergio seul en ligne.

- Il t'a dit quoi ?
- Juste d'aller au rendez-vous à 23 heures.
- Il faudra se méfier de lui ce soir. Qu'il ne nous la fasse pas à l'envers. On prendra des armes aux cas où.

****

Pendant ce temps-là Mathilda, était retournée dans sa chambre. Un peu anxieuse, elle attendait encore sa valise qu'elle voulait récupérer avant de rejoindre les garçons, avec qui elle avait rendez-vous au fast-food du coin. Elle contacta Benjamin pour qu'il questionne le réceptionniste sur le sort de son bagage. En effet, malgré les cours d'anglais qu'elle avait suivis à partir de la deuxième année de ses études de médecine, elle maîtrisait mal la langue et craignait de mal comprendre ce qu'on lui répondrait. Elle excellait bien plus en anatomie qu'en communication ordinaire. Alors en plus dans une langue étrangère…

- Benjamin tu peux lui dire que je n'ai toujours pas ma valise ? Il ne comprend rien lorsque je tente de lui parler. Il semble me dire qu'il n'y a pas de bagagistes dans son hôtel.

Benjamin s'entretint à son tour avec le réceptionniste, lui expliquant que deux personnes en uniforme les avaient bel et bien attendus devant le perron pour prendre en charge leurs bagages à leur descente du bus. Benjamin n'arrivait pas à convaincre le réceptionniste qui campait sur sa position affirmant qu'il n'y avait pas de bagagistes dans son établissement. Il fallut qu'ensemble ils se rendent à l'extérieur, et à l'évidence quand Benjamin désigna du doigt le trottoir où le transfert s'était déroulé, pour découvrir les deux chariots projetés contre le mur, avec encore un bagage dessus. Tous deux intrigués, se saisirent de la valise, en apparence intacte. Benjamin comprit qu'il s'agissait bien de celle de Mathilda. Anne qui patientait avec Chloé, les interpella en leur précisant avoir pris l'ascenseur avec les chariots poussés par deux individus qui avaient brusquement pris la fuite en direction de la rue. Elles n'avaient cependant pas prêté attention au contenu des étagères des chariots, incapables de confirmer la présence ou non d'une valise. Malgré cette étrange situation, l'essentiel dans cet épisode saugrenu, était d'avoir récupéré le bagage sans dommage.

- Deux personnes viennent décharger un car entier, rapportent les bagages dans chaque chambre pour en laisser une sur le trottoir. Il y a quoi dans cette valise à part des sous-vêtements de fille ? Mathilda, tu peux t'assurer qu'il ne manque rien ? s'interrogea Benjamin.

- Regarde Benjamin elle semble intacte, répondit-elle après avoir aligné les quatre chiffres du code de sécurité.

En l'ouvrant, et au premier coup d'œil, rien ne manquait. Juste un semblant de désordre. Même quelques dizaines de dollars étaient toujours sagement pliés dans une petite pochette intégrée et prévue à cet effet.

- Ils ont dû être dérangés, avança Mathilda.

- J'y comprends rien, va la ranger dans ta chambre et n'hésite pas à me rappeler si tu veux qu'on porte plainte. De toute façon, je vais en parler au patron de l'hôtel car ce n'est pas normal, rétorqua Benjamin avec une certaine irritation teintée d'indignation.

Soulagée, Mathilda remonta dans sa chambre la valise retrouvée. Elle la montra à Rose comme un trophée qu'elle venait de remporter.

- Je ne sais pas ce qu'elle a cette valise mais elle t'a posé bien des soucis. Tu aurais mieux fait de la laisser aux deux gus de l'aéroport qui l'avait confondue, constata Rose

- Mais attends, tu les as vus lorsqu'ils t'ont livré les tiennes ? Tu te rappelles de leur visage ?

- Maintenant que tu me dis ça, ben non. A peine j'ai ouvert la porte, il y avait un seul type et il tournait son visage de façon à ce que je ne le vois pas.

- Je vais envoyer la photo à Chloé qu'on a prise à la vallée de feu, avec les randonneurs Carla et Hugo.

Elle lui transmit par texto la photo en lui demandant si les deux types en arrière-plan ressemblaient à ceux de l'ascenseur. A peine le message envoyé, elle reçut une réponse immédiate : « Oui ce sont bien eux ».

- Vérifie dedans s'il manque des affaires.
- Mais je l'ai fait déjà. Regarde.
- Le fond était déchiré ?
- Ah ! Tu as raison, dis donc. Je vois qu'on a délicatement découpé la doublure, on voit d'ailleurs la carcasse de la valise. J'appelle Benjamin.

Ce dernier s'empressa de débarquer dans la chambre suite à son appel et toqua à la porte.

- Il te manque des affaires dans ta valise ?
- Il faut que l'on t'explique avec Rose tous les soucis que l'on a rencontrés avec les deux soi-disant bagagistes.

Elle se lança dans une explication détaillée et chronologique des différentes rencontres fortuites avec les deux personnages dont sa valise semblait le centre d'intérêt, tout en lui dévoilant leur photo sur son téléphone. L'altercation à l'aéroport, l'erreur de chambre à l'hôtel, leurs présences à la vallée de feux et aujourd'hui leurs camouflages en bagagiste, elle passait tout en revue. Benjamin ne savait pas quelle attitude adopter face à cette situation, à deux jours de la fin du séjour, de surcroît dans un pays étranger.

- Franchement je ne sais pas quoi faire, finit-il par répondre d'une voix un peu navrée. Si on va voir la police, on risque de se faire passer pour des passeurs qui auraient transporté de la drogue sur le territoire. Vous risquez même d'être soupçonnées, et je ne suis pas convaincu du résultat.

- Je vais aller en prison ?
- Disons que nous ne sommes pas en France et que l'affaire risque d'être prise en charge par la douane. Et le temps qu'ils lancent l'enquête, nous risquons d'être consignés ici quelques temps.
- Mais quand même, ce n'est pas normal ce qu'il se passe depuis le début.
- Si tu veux mon avis, je pense qu'ils se sont servis de ta valise pour transporter de la drogue. Ou autre chose d'ailleurs, car c'est plutôt rare qu'on fasse venir de la drogue depuis la France jusqu'aux USA. J'aurais plutôt dit l'inverse. Je pense plus à un trafic de diamants, de pierres précieuses.
- Des diamants ?
- Je ne sais pas. Tu fais quoi comme métier déjà ?
- Radiologue.
- Effectivement, je n'y comprends plus rien. En tout cas tu as eu un rôle de mule, mais pour transporter quoi, mystère.
- Ecoute, on va faire attention à toi, renchérit Rose. Si tu les revois, ou si tu constates la moindre chose, on alertera les autorités.

Mathilda n'était pas très rassurée par les déductions de Benjamin, notamment pour servir de convoyeur à son insu. Elle se sentait incommodée, comme souillée par une intrusion dans son intimité. Pour se laver de cette macule, rien de mieux qu'une bonne douche, se dit-elle, comme si le jet salvateur nettoierait les traces imaginaires de ses agresseurs, purifierait sa peau et sa psyché entachée.

Pour lui changer les idées, Anne lui suggéra de se joindre à eux pour déguster le plus grand hamburger du fast food du coin. Il ne fallut pas lui proposer deux fois, car sans oser l'avouer, elle adorait ce genre de nourriture, qui de surcroît n'affectait en rien sa taille de guêpe. A chaque évènement, fin de concours, anniversaire, elle avait pour habitude d'en commander. C'était même devenu une coutume familiale. En effet, à chaque vingt-trois décembre, sa famille se réunissait pour une sorte de pré-noël en engloutissant des frites, des nuggets, des hamburgers, des sodas à une vitesse digne des plus grands concours de malbouffe. La soirée se clôturait par la distribution de somptueux cadeaux à J-2 avant noël.

Il faisait nuit noire dans les rues d'Oakland, lorsqu'ils débarquèrent dans l'établissement qui ne se distinguait en rien à ceux qu'elle fréquentait en France : mêmes décors, même population, et surtout même goût.

Les garçons, suivis d'Anaïs et Mathieu, voulurent tenir compagnie à Mathilda pour revenir sur les tribulations de sa valise. Elle se sentait accablée d'évoquer de nouveau cet épisode traumatisant. Par chance, au comptoir un jeune homme blond tenant un vélo de course fit diversion. Il attendait sur le côté de la caisse en apostrophant chaque client leur déclarant qu'il avait faim. Ce garçon insistant était manifestement un peu déséquilibré, ce qui généra un certain stress pour nos français, mais permit à Mathilda de se faire oublier. Finalement Axel se dévoua en commandant un hamburger supplémentaire pour l'offrir au cycliste affamé. Sans lâcher son vélo, ce dernier alla s'asseoir pour dévorer l'offrande. Une main ferme accrochée au guidon, il opinait de la tête en remerciant entre chaque bouchée son généreux donateur.

Le menu de Mathilda se composait comme à son habitude d'un hamburger-frite, d'une boîte de nuggets et d'un verre de Coca. La plupart du temps elle ne finissait jamais son menu mais continuait inlassablement à commander la même chose. Alors que ses amis avaient pratiquement avalé leur repas, un homme noir se dirigea vers eux pressant entre ses deux mains un sac en plastique. Il le tenait comme s'il avait toute sa vie à l'intérieur. Il était vêtu d'un bas de survêtement gris, d'un t-shirt blanc, d'un gros blouson noir, et son crâne était surmonté d'une vieille casquette de l'équipe de baseball des Giants. Il parlait fort, dans un langage décousu. Son regard sombre et vide avec ses yeux dilatés, des symptômes qui ne laissaient guère de doute : une absorption excessive de crack ou équivalent. Cette situation dérangeante perturbait tant Anaïs qu'elle en délaissait son plateau, l'appétit coupé. Les larmes lui montaient aux yeux face à cette scène, résumant à elle seule de toute la misère humaine. Un agent de sécurité sorti de nulle part vint demander à l'homme de quitter les lieux. Mais malgré son départ et les tentatives de réconfort de son compagnon, Anaïs n'arrivait pas à réprimer son angoisse, qui se manifestait par des spasmes sanglotants.

Pendant ce temps, l'individu au regard halluciné rejoignit un groupe de toxicomanes regroupés sur le trottoir en face du restaurant. Passé 22 heures, les rues changeaient de visage, comme un cimetière libérerait ses zombies. Il en sortait de chaque coin de rue qui se regroupaient dans une chorégraphie macabre sous des abribus ou des escaliers. Des hommes et des femmes déguisés en ombres furtives qui s'abritaient sous la frondaison de la nuit pour s'adonner à leurs addictions ou pour retrouver leurs complices de galère. Ce n'est pas pour rien que San Francisco tient la troisième place sur le podium des villes les plus criminogènes des Etats d'Amérique. Equipée du plus grand port de la Californie, elle a attiré de nombreux immigrants et est actuellement peuplée de 35 % de blancs, 28 % d'afro-américains et 25 % d'hispaniques. De plus, pour ne rien arranger, suite aux nombreuses affaires de corruption dans la police, celle-ci a vu chuter ses effectifs pour atteindre quinze agents pour dix mille habitants.

En comparaison, Washington en compte soixante-quatre pour le même nombre de résidents.

Axel de son côté avait décidé de poursuivre la soirée avec ses amis autour d'un verre. Tout en cherchant un pub ou un bar à proximité de l'hôtel, ils croisèrent au détour d'une rue, un homme en fauteuil roulant vêtu d'un survêtement rouge particulièrement voyant. En écoutant leur conversation, il les intercepta :

- Vous êtes français ? questionna-t-il. Je suis déjà allé en France, et… oh oh oh, c'est magnifique. J'ai mangé des escargots ohoho, des croissants… han han han… et j'adore l'omelette du fromage, ….ah ah ah

Il déclencha un fou rire général, par son fort accent caricatural doublé de ses onomatopées, ne laissant cependant pas de doute sur ses intentions : il en jouait théâtralement pour attirer l'attention des touristes et leur proposer un florilège de produits illicites.

- Vous voulez fumer quelque chose ? Je peux vous trouver ce que vous voulez. Roxy, jus de gorilles, lève vitre ou fumette. Sinon j'ai des copines pour passer une bonne nuit.

Axel était surpris de la liste de produits exotiques qu'il venait de lui présenter. Il aurait bien voulu lui demander une simple cigarette à rouler mais il craignait de tomber dans un traquenard. Il l'interrogea candidement pour tenter de décrypter ces étranges appellations.

- Roxy ? Jus de gorilles, c'est quoi ?
- La Roxy, c'est de l'Oxycodone un puissant analgésique.
- Et le jus de Gorilles ?
- Yes, pas cher ça, c'est de sirop pour la toux, de la prométhazine et de la codéine avec du coca.
- Du sirop ?
- Yes, du sirop. J'ai aussi de la coke si tu veux. D'où je viens, on l'appelle du « lève vitre ».

Il mimait le geste très explicite de son index posé horizontalement sur sa lèvre supérieure, lui imprimant un mouvement ascendant jusqu'à l'ouverture de ses deux narines, comme le ferait un lève-vitre de voiture.

Après quelques échanges, Ali, c'était son nom, leur apprit qu'il était natif d'un quartier chaud, L'ACORN, une cité mal famée située près du port. Les habitants l'appelaient « **A**ttention **CO**ncentré de **R**acaille **N**inja ». Membre d'un gang, Ali avait perdu l'usage de ses membres inférieurs au cours d'un règlement de compte lié à un contentieux de partage de territoire. Il eut juste le temps d'apercevoir les occupants de la voiture appartenant à une bande rivale, faire brusquement marche arrière, pour l'arroser de plusieurs balles avec un pistolet mitrailleur Uzi. L'une d'entre elles se logea dans la colonne vertébrale, d'autres l'atteignirent au bras et à l'avant-bras juste en dessous de son tatouage de panthère noire. Il aimait exhiber ses cicatrices comme des trophées de guerre, un moyen plutôt efficace pour se faire respecter par ses congénères.

- Mon frère, donne-moi dix dollars et cette cigarette magique t'aidera à te faire passer une très bonne soirée. conclut-il

Il glissa un joint prêt à l'emploi dans la main d'Axel.

- Bon pour dix, pourquoi pas .....

Sitôt le billet échangé, le marchand de rêve rouleur et roulant, lança une impulsion sur les pneus de son fauteuil et disparut au loin.

Encore une personne atypique dans un pays atypique, constata Axel encore éberlué par cette rencontre éphémère.

Les filles, quant à elles, continuaient à rire à s'en décrocher la mâchoire, se répétant en boucle la formule bien étudiée de « l'escargot Oh oh oh ». A la suite de ces émotions, et voulant éviter de nouvelles rencontres patibulaires qui pourraient cette fois mal tourner, ils décidèrent de se rabattre sur le bar de l'hôtel.

Dans une ambiance plus feutrée et apaisée, loin des turbulences extérieures, le serveur du bar leur servait des bières fraiches avec déférence et discrétion. Mathilda aimait rajouter une pointe de sirop de citron dans son verre savourant cette sensation de léger acidulé. Aussi fut-elle étonnée, en approchant sa narine près du contenu de sa bière, de ne pas percevoir le zeste attendu. Malheureusement la subtilité de jus « lemon juice » et de sirop « syrup » peut tout changer.

- Jacob, vous n'avez pas de sirop ? s'adressa Mathilda au serveur
- Tu le connais ? disait Ethan tout étonné.
- Son nom est inscrit sur le badge de son gilet.

Le serveur prononça quelques mots de français pour lui répondre.

- Désolé mais nous n'avons pas de sirop. Souvent ce ne sont que les français qui me le réclament.

Dans un pays où la tendance est plutôt dans la consommation à outrance, demander quelques centilitres seulement était incongru.

La soirée tirait sur la fin, Mathilda demanda à Anne et Chloé de la raccompagner jusqu'à sa chambre.

- Je ne demande pas aux garçons car après ils vont se faire des films, conclut-elle.

Fort Pont National – San Francisco - Californie - USA

L'échange dangereux

L'afficheur numérique du Jeep Compass de Sergio indiquait 23h00, alignant des chiffres d'un apaisant fluo orangé, lorsqu'il accéda au parking situé juste en contrebas du célèbre pont Golden Gate. Seules quelques voitures stationnaient au cours de la nuit le long de l'Océan, la plupart appartenant à des pêcheurs qui profitaient du calme retrouvé, une fois le flux de touristes enfin parti. Fixés sur leur chaise, et équipés de leur lampe frontale en guise d'éclairage pour ligoter leurs hameçons, ils observaient tels des vigies immobiles, dans la quiétude nocturne, leurs lignes ondulant au gré des reflets de la lune et du scintillement des lumières de la ville.

Emergeant de l'obscurité totale, comme une météorite expulsée par les ténèbres, un autre véhicule surgit soudainement à la hauteur des deux associés. A son bord on distinguait vaguement la silhouette d'un homme vêtu de noir. Telle une ombre furtive, il sortit de sa voiture pour se dissoudre aussitôt dans l'opacité environnante, et réapparaître brusquement, dans le miroir du rétroviseur de l'imposant 4x4.

- Rodrigo, ouvre ta fenêtre, c'est lui! s'exclama Sergio.
- Bonsoir les gars, vous avez fait attention de ne pas être suivi ? questionna l'individu après avoir attendu que la vitre du véhicule soit baissée
- Oui chef. No stress. On a pris tellement de détours que même nous, nous n'arrivions plus à retrouver le chemin.
- Faites-moi voir mon colis.
- Tenez, dit Rodrigo en lui tendant le paquet.

Aussitôt, l'homme s'empressa de déballer le papier bulle en quelques gestes fébriles. S'éclairant de la torche de son smartphone, il scrutait le document avec concentration, comme un diamantaire examinant une pierre d'exception, l'œil rivé à son oculaire. Il s'agissait d'une toile peinte représentant une figure christique aux longs cheveux blonds. Le personnage revêtu d'une sorte de tunique bleue, tenait dans la main gauche un globe en verre, tandis que les deux doigts de la main droite semblaient donner la bénédiction. Mais le plus troublant émanait de l'expression du visage, dont le regard énigmatique pouvait tout aussi bien évoquer celui d'un vivant que d'un mort. Toujours aussi appliqué, l'homme en noir passait chaque détail au crible, se focalisant tout particulièrement sur les lèvres, la moustache et les yeux du portrait. Au terme de son inspection, il éteignit son portable, coupant net le faisceau lumineux.

- Fantastique, magnifique, exceptionnel, finit-il par dire, visiblement ébloui.
- C'est qui ?
- Vous ne reconnaissez pas cette toile ?
- On dirait le Christ ? C'est ça ? Combien il vaut ?
- Pas grand-chose, c'est surtout sentimental.
- Il n'y a pas de souci alors chef. On peut toucher le solde ?
- Bien sûr.

Il sortit de sa poche une enveloppe contenant une liasse de billets de cent dollars. Vingt billets exactement, Rodrigo les compta consciencieusement.

- Merci. Deux mille dollars plus les mille d'acompte, trois mille dollars pour un Jésus, vous y teniez vraiment !
- Oui, filez maintenant. On reste en contact. Je vous préviens, faites-vous oublier. N'allez pas tout dépenser au premier bar du coin en vous vantant à vos potes de boisson, sinon vous aurez affaire à moi. Et cette fois, c'est vous qui serez surpris de retrouver le christ en face de vous.

Comprenant qu'il valait mieux éviter de s'attarder, les deux compères remontèrent expressément leurs vitres sans même se donner la peine de serrer la main de l'individu qui enroulait avec précaution la toile qu'il venait d'acquérir avant de la glisser dans un porte document cartonné utilisé généralement pour protéger les posters ou les dessins.

Peu après, comme le pressentait le nouveau détenteur du portrait du Christ, les deux larrons entamèrent leur pactole en dilapidant leurs premiers dollars dans un pub, le Nemrod. Au cours de la soirée qui s'annonçait agitée, ils offraient des tournées à leur amis du moment, réservant champagne et whisky millésimés aux belles de nuit en échange de quelques baisers. Encouragés par leur griserie et l'emballement des fidèles de l'établissement, ils commencèrent à exhiber leurs billets en dévoilant la transaction, persuadés d'avoir floué un riche pigeon. Les clients s'agglutinaient autour d'eux comme s'il s'agissait de gagnants du loto qui avaient remporté le gros lot. Rémy, le patron, pressentant la manne à ne surtout pas manquer, leur avait spécifiquement attribué une serveuse afin de répondre à tous leurs désirs et ainsi leur faire dépenser un maximum de leurs miraculeux dollars.

Le gérant, ancien jeune des quartiers italo-américains, tenait d'une main de fer ce pub réputé. Il était très respecté dans le milieu de la nuit Franciscanaise. Pourtant rien ne le prédestinait à tenir ce genre d'établissement. Auparavant chaudronnier sur le chantier naval de Shipyard, il s'investit parallèlement dans le syndicalisme pour défendre les conditions de travail des dockers. En tant qu'ancien client de l'établissement, il aimait profiter du calme des lieux en pleine journée pour plaider la cause de ses co-équipiers. C'est lorsque le tenancier exprima son désir de prendre sa retraite qu'il profita de l'offre et opéra sa reconversion. Malgré sa petite taille et son embonpoint, ses goûts vestimentaires lui conféraient une certaine allure. Il adorait porter de belles chemises de marque, élégantes et cintrées, toujours assorties à des cravates différentes, qui reflétaient son humeur du moment.

Son pub était devenu l'adresse incontournable des amateurs de mojitos et de belles serveuses. L'une d'elles, Sandy, suscitait la convoitise de nombreux admirateurs extasiés par sa longue chevelure noire qui se répandait sur ses épaules en de magnifiques boucles délicatement entortillées. Elle avait par ailleurs du mal à gérer son succès depuis son opération du rétrécissement de l'estomac qui l'avait délestée de vingt kilos en six mois. Depuis sa métamorphose, sa nouvelle morphologie rencontrait un tel succès que son patron devait souvent prendre le rôle de videur pour sortir manu militari les clients un peu trop tactiles ou insistants envers sa serveuse. Mais fort heureusement pour elle, dans la plupart des situations, l'expression de son visage suffisait amplement à calmer leurs ardeurs.

Soudain, le téléphone se mit à sonner.

- Salut Rémy, Ils sont là ? questionna la voix au bout du fil
- Oui, ils payent à boire à tout le monde.
- Ils ont dit d'où provient l'argent ?

- C'est un peu flou. Une connerie de pigeon sentimental qui a payé cash une croûte, une sorte d'icone religieuse.
- Ok, avertis-moi s'ils partent, j'arrive.

Il raccrocha son téléphone discrètement et retourna s'occuper de ses clients comme si de rien n'était en prenant soin d'ajuster sa cravate bleue et de remettre ses quelques mèches recouvrant son crâne dégarni. Il semblait bien connaître son mystérieux interlocuteur.

Fisherman's

Pier 38 - Fisherman's – San Francisco
Californie - USA

Good morning, clama en chœur le groupe de nos touristes rôdés à l'exercice matinal, sans doute le dernier de leur épopée américaine.

- Vous êtes prêts pour la dernière destination ? questionna le guide avec une pointe de fatalité dans la voix. On se rend au centre de la fameuse San Francisco, ma ville de prédilection. Je vous rappelle le programme de ces deux derniers jours. Ce matin nous allons visiter quelques bâtiments notoires au centre-ville pour ensuite grimper sur les hauteurs de San Francisco afin d'observer tous les lieux emblématiques avec un magnifique panorama à la clef. A midi on vous déposera sur Fisherman's, une sorte d'avant-port. Et le soir je vous emmène à Chinatown pour manger dans un des restaurants chinois les plus originaux, avant de retourner à l'hôtel. Demain matin on ira en direction des baies, pour vous déposer au quartier Castro vous laissant profiter d'une dernière journée libre.

Anaïs l'interrompit alors, pour poser la question qui lui brûlait les lèvres depuis qu'elle était debout.

- Nous avons réservé demain la visite pour la prison d'Alcatraz. Tu penses que c'est compliqué de se rendre à l'embarcadère ?

- Le mieux c'est que l'on vous dépose devant. Ce sera sur notre route.

- Merci beaucoup.

- Vous êtes combien à avoir réservé ?

- Deux, Mathieu et moi.

- Nous aussi, Chloé et moi. rajouta Anne qui se rappela avoir aussi pris cette option.

Sans s'être consultés, nos deux couples s'aperçurent avoir réservé la visite de l'ancienne prison au même moment sur internet.

Le bus quittait la ville d'Oakland pour franchir un pont à plusieurs niveaux : le Bay Bridge. Cette immense passerelle, véritable autoroute suspendue dans les airs, comprenait plusieurs voies de circulation sur plus de sept kilomètres. Ce matin, le brouillard formé par les entrées maritimes de l'océan ne permettait pas de contempler la ville, jusqu'à l'apparition d'une éclaircie à mi-chemin du pont. De cette trouée soudaine, la grande métropole se dévoilait enfin. Comme sur une carte postale, les gratte-ciels s'imposaient en avant-plan se découpant sur le ciel d'azur. Une fois dépassé les buildings étincelants, le bus s'engouffra sur une portion de la ville d'aspect plus européenne, avec ses immeubles de taille conventionnelle. Le véhicule termina sa course sur l'avenue principale, Larkin street, juste devant l'opéra, le temps de débarquer son chargement de passagers. Il suffisait à ces derniers de traverser un parc doté d'une allée bordée d'arbres somptueux. Ils se préparèrent à visiter l'hôtel de ville, rarement au programme des tours opérateurs. Mais Benjamin ayant carte blanche pour la gestion des circuits par l'agence de voyage, avait estimé qu'il était intéressant d'inscrire dans le circuit la découverte de ce bâtiment au style dit des Beaux-Arts qui a succédé à l'ancienne « City hall » totalement détruite lors du catastrophique séisme de 1906.

La façade de la mairie, avec son dôme imposant inspiré à la fois de l'église du Val de Grâce et des Invalides à Paris était d'une facture très populaire à l'époque de sa construction dans les années 1910. On reconnaît notamment les dorures, exemples d'architecture de la Renaissance, qui cintrent colonnes, portails et fronton inspirés, eux, du monde antique.

En franchissant l'une des trois grandes portes, Mathilda resta stupéfaite des dimensions du dôme qui aurait d'ailleurs été une des vedettes du film « Independance Day » Pour monter à l'étage, il fallait emprunter un majestueux escalier central, souvent pris d'assaut par les mariés. D'ailleurs deux hommes qui vraisemblablement convolaient en juste noces, posaient passionnément épris l'un de l'autre, avec leurs amis et leurs familles, envahissant toutes les marches de ce fabuleux colimaçon.

Rose et ses amis, au fait de leur état de santé vacillant, n'entreprirent pas de gravir ces marches qui n'avaient malgré tout pas la même magie que celles du festival de Cannes. Ils en profitèrent plutôt pour visiter une salle d'exposition permanente sur la construction et l'histoire du bâtiment, riche d'enseignement sur les péripéties de cette ville trépidante.

Une fois le tour des innombrables pièces de la mairie accompli, tout le groupe de nos français se réfugia dans leur bus favori qui reprit la route en direction des Twin Peaks. En quinze minutes, ils atteignirent les célèbres pics jumeaux qui surplombaient la métropole californienne. Une fois débarquée sur les hauteurs de la ville, Mathilda embrassa d'un seul coup d'œil le Golden Gate Bridge, ou fameux pont rouge, la prison d'Alcatraz, ainsi que plusieurs quartiers comme Mission District, Castro et le Présidio.

Benjamin commenta :

- Vous avez de la chance aujourd'hui, car habituellement le Golden Gate bridge est recouvert par le blizzard laissant entrevoir uniquement les points hauts des poteaux. Je vous laisse encore dix minutes et ensuite nous partons au bord de l'océan voir les otaries.

- Tu nous amènes où Benjamin ? On va visiter un aquarium ? interrogea Rose.

- Non, il s'agit d'un endroit de rassemblement qu'elles ont choisi. Elles se le sont approprié malgré la présence de l'homme.

Après avoir subi les rafales de nos touristes photographes, telle une star, le célèbre pont se recouvrit pudiquement d'un nouveau voile brumeux, invitant le groupe à chercher d'autres proies à capturer dans leur viseur. Après que chacun eut regagné son siège, le reflex en bandoulière ou le smartphone encore sanglé sur sa perche, le car s'ébranla vers sa nouvelle destination : le front de mer de la rive nord de San Francisco. Plus précisément au Pier 39, la porte numéro 39. Cette enclave très prisée des touristes pour ses restaurants servant du crabe, abritait également plusieurs musées, dont celui de la Marine nationale, le Maritime National Historical Park, un immense bassin enserré d'une digue à l'élégante courbure. Ce tentacule nautique protecteur couvait en son sein un ancien destroyer et un sous-marin amarrés à l'extrémité de la jetée. De nombreux visiteurs, en manque de frissons, empruntaient un des multiples ferries qui assurent la liaison avec la fameuse île d'Alcatraz.

Benjamin leur fit découvrir ce véritable écrin portuaire aux quelques gracieux voiliers enchâssés dans son velours aquatique, puis les conduisit en direction d'un restaurant italien intégré à une galerie de commerces aux façades de bois blanc. Ils longèrent des boutiques de souvenirs, de sport et autres brasseries bordant sur deux niveaux l'allée centrale, qui aboutissait sur une place garnie d'un manège de chevaux pour enfants.

Pour se rendre au restaurant il fallait gravir une volée de marches, afin d'atteindre l'entrée surplombée d'une enseigne représentant un pizzaiolo hilare, seule référence à l'Italie. L'intérieur de l'établissement ne brillait pas par son charme, se contentant d'une large salle dénuée de toute intimité, et flanquée de grandes et monotones tables rondes. Il fallait tourner son regard vers l'extérieur pour oublier l'indigence de la décoration, et s'extasier de la vue sur le port, un véritable tableau où se prélassaient quelques otaries sur les pontons en bois, ceux-ci se détachant de l'arrière-plan occupé par l'USS

Jeremiah O'Brien, un navire de guerre de la deuxième guerre mondiale.

Mathilda s'installa à la table des marseillais après avoir trop longtemps lambiné dans des boutiques aux rayons chargés de casquettes en tout genre. Elle s'inquiétait à l'idée de partager le repas avec eux, leurs exubérances comportementales et de paroles, l'épuisant à l'avance.

- Sois la bienvenue Mathilda, assieds-toi avec nous. On ne mord pas.
- Cela ne vous dérange pas ? s'inquiéta-elle par politesse
- Mais non au contraire.
- Merci, je m'excuse mais je m'aperçois que vous connaissez mon prénom alors que je suis incapable de citer l'un des vôtres.
- Tu as raison, on va vite remédier à cela. Moi c'est Lionel, ma femme Céline, la pro de la bouillabaisse. Et lui c'est mon ami de toujours Fred et à côté sa femme Julia.
- Enchantée ! D'après votre accent vous venez de Marseille ?
- Par contre tu n'as pas celui de Paris. Tu dois venir d'ailleurs. Je dirais Lyon ou alentours.
- Vous y êtes presque. Je suis originaire de Grenoble.
- Ah oui, on reconnaît bien le « y » des grenoblois.
- Je connais bien Grenoble, interrompit Céline

Ponton des Otaries Pier 38 - Fisherman's
San Francisco - Californie - USA

- J'ai fait mes études d'infirmière là-bas et j'ai même travaillé au CHU de Grenoble.

- Tu étais dans quel service ? Car j'y ai fait tous mes stages de médecine.

Lionel intervint à nouveau

- Ah le « Y » Grenoblois revient … faisant allusion à l'utilisation abusive de cette voyelle

- Effectivement, j'ai fait tous mes stages de médecine à Grenoble. C'est mieux ainsi ?

- Ah non, à choisir je préfère un accent grenoblois que Parisien, répliqua Lionel.

Céline connaissait l'humour de son mari et sa passion pour le foot. Elle le voyait venir et craignait qu'il aborde le sujet

- Ne commence pas avec ton foot. Laisse nous parler pour une fois.

Elle le réprimandait régulièrement car il aimait bien monopoliser la conversation notamment lorsqu'il évoquait son équipe fétiche, l'Olympique de Marseille.

Fred et Julia se comportaient différemment à table, adoptant une attitude beaucoup plus posée, accordant leur écoute aux autres. Julia et Céline officiaient toutes deux au service des urgences de l'hôpital de Marseille, tandis que Fred et Lionel étaient associés dans la gestion d'une entreprise de rénovation en bâtiment. Après une semaine sur les chantiers, ils se retrouvaient le week-end au stade, comme deux éternels inséparables.

Le patron du restaurant, un dénommé Franco, encore un français disciple du rêve américain, venu tenter sa chance à San Francisco avec sa femme et ses quatre enfants, issu de deux mariages différents. Il leur parlait dans un français teinté d'un léger accent italien, et agrémenté de quelques locutions américaines. Après avoir réclamé l'attention de ses clients, il annonça le menu, détaillant les entrées et les plats dans un silence quasi religieux. Avec ses cheveux grisonnants sa chemise cintrée, sa voix envoûtante, les filles le regardaient langoureusement au grand désespoir de leurs compagnons qui s'agaçaient d'une telle béatitude pour un type qu'ils qualifiaient de complétement ordinaire. Il faut dire que le pizzaiolo savait jouer de sa prestance pour charmer les clients, enfin plutôt les clientes, suscitant quelque jalousie de la part de sa clientèle masculine. Pourtant, on constatait qu'il cherchait plus le plaisir de plaire que de s'adonner à une quelconque infidélité.

Mathilda se contenta d'une simple salade et de classiques Tagliatelles à la carbonara accompagnées d'un jaune d'œuf encore niché dans sa coquille, avant d'interpeller le patron.

- Excusez-moi Franco.
- Oui, jolie ragazza (fille en italien).

- On m'a parlé d'une spécialité du coin. Un plat à base de crabe.

- Ah, oui, on me le réclame souvent. C'est le fameux crabe Dungeness. Il est bouilli et accompagné de beurre fondu servi avec un verre de Chardonnay. On le sert uniquement en février pour le festival du crabe. Il faudra revenir me voir l'hiver prochain ma charmante ragazza. D'ailleurs, me permettez-vous de vous demander quel est votre prénom ?

- Mathilda.

- Mathilda ? Oh mama mia, mais c'est de chez moi. Une compatriote, signora ! Vous venez de quel côté de l'Italie ? Attendez, n'en dites rien. Laissez-moi deviner.

Il tourna autour d'elle, tel un peintre admirant son chef-d'œuvre.

- Sicile ?

- Pour partie oui.

- Ah ! non, soit on est sicilien, soit on est .....pas sicilien.

- Je suis bien sicilienne mais aussi coratine.

- Argggggg non, non pas ça ....

Il fît mine de s'étouffer avec grandiloquence

- Je plaisante, vous faites comme vous voulez. Tant pis pour vous.

- Pourquoi vous dites cela, s'étonna Mathilda, un peu vexée quand même ?

- Les siciliens, on n'a jamais été copains. Pourtant on est du même pays, mais il y a quelque chose qui fait qu'on est toujours sur notre défensive. Comme vous avec les corses, vous voyez...Mais je vous rassure, je vous aime bien, surtout votre bonne moitié, plaisanta-t-il en lui décochant une œillade.

Le repas se déroula dans une bonne ambiance, y compris autour de la table allouée aux marseillais. Quant à Franco, il ne ménageait pas ses attentions à sa désormais chouchoute Mathilda, multipliant ses allées et venues auprès d'elle.

Benjamin avait jeté son dévolu sur cet établissement et le proposait à chaque circuit, appréciant la qualité de ses plats, l'accueil de Franco l'enjôleur et la vue d'exception sur les otaries qui ne manquaient jamais à l'appel. Nous avons tous un ami ou amie avec un rire particulier, riant en produisant un cri ressemblant à ce genre d'animal. Mais là, Il y en avait une centaine à bêler, à rugir et à grogner. Avant le dessert, il prit la parole pour expliquer le pourquoi de leur présence sur le PIER 39.

Vous avez pu observer ces gros mammifères marins se prélassant au soleil. Ne vous trompez pas, ce ne sont pas des otaries. Ce sont des lions de mer. Ils ont élu domicile sur ce port depuis 1989. Certains lient leur présence ici à la suite du tremblement de terre de Loma Preta du dix-sept octobre de la même année. Mais les scientifiques soutiennent une autre théorie plus plausible concernant la remise en état du port forçant les bateaux à quitter les lieux. Ce qui a laissé le champ libre aux lions de mer auparavant inféodés à la petite île rocheuse d'en face. On en compte entre cinquante et trois cents suivant la saison, au grand bonheur des touristes. Lionel, lui demanda pourquoi se dégageait une odeur persistante particulièrement prononcée.

- Effectivement, ce que l'on sent est dû aux relents des nombreux poissons qu'ils gobent.

- On est habitué à ce genre d'odeur sur le port de Marseille lors de retour des pêcheurs mais nos vendeurs à la criée ne sont pas aussi gros, plaisanta-t-il. Ils pèsent combien de kilos ?

- Le mâle, ou taureau peut peser jusqu'à une tonne alors que la vache sa femelle est moins lourde, environ trois cent cinquante kilos.

- Mais ils mangent quoi pour être si gros ?

- Je te rassure Lionel, ils n'aiment pas les marseillais, un goût trop anisé pour eux ! Ah ah, je te taquine. En fait, Ils se nourrissent principalement de calamars, de harengs, de saumons et de capelans, un poisson vivant dans les eaux froides.

Après ce petit développement éthologique, la plupart de nos touristes se dispersèrent le long des quais pour baguenauder et observer les énormes mammifères qui s'égayaient sur les pontons faiblement immergés, sautant et croquant quelques poissons qui avaient eu la mauvaise idée de se hasarder dans le secteur. D'autres entreprirent de dévaliser les nombreuses boutiques, tandis que Mathilda visitait le musée des jeux mécaniques, un énorme hangar réunissant un nombre incalculable de jeux de foires, de salles de jeu ou de bars. Des flippeurs, des jeux d'arcade des machines à pièces du dix-neuvième siècle, certains disant la bonne aventure, s'entassaient. Ils provenaient tous de la collection d'une seule et même famille : les Zelinsky.

Dorian essaya de jouer avec Mathilda à la machine « testeur d'amour » en introduisant quelques cents dans la fente prévue à cet effet.

- Viens Math, je suis sûr que je suis l'homme de ta vie, dit-il en mimant l'amant enflammé.

Suite aux pièces glissées dans le monnayeur, une musique retentit et une multitude de lumières montaient et descendaient le long des différents niveaux d'une jauge intitulée « Guide to romance », arrêtant sa course clignotante sur le curseur placé en deuxième position au joli nom de « Clammy ».

- Clammy ! Cela veut dire quoi, Math ?
- Froid, moite.... Un amour glacial, c'est mort. Depuis le temps que je te le dis, rajouta-t-elle avec un air qui se voulait sardonique, clammy quoi !

Axel et Ethan, de leur côté, s'essayaient à une machine à baseball où il fallait frapper une balle surgissant de nulle part, comme dans un flipper, en tentant de la renvoyer le plus loin et le plus droit possible.

La sortie de musée ludique donnait directement sur le quai où stationnaient les deux bâtiments militaires du musée maritime, le sous-marin l'USS Pampanito avec son petit canon en tourelle, jouxtant le destroyer l'USS Jeremiah O'Brien. Ils continuèrent à parcourir les rues aux alentours, attendant l'heure du rendez-vous au bus.

Entrée de Chinatown – San Francisco – Californie - USA

Rencontre à Chinatown

Dans la boutique d'Aaron, quelques clients habitués l'observaient pendant qu'il peaufinait de quelques coups de pinceaux précis sa toile représentant son Hindou. En fait, il n'avançait guère, par manque de temps mais également de motivation. Il faut dire que ses récentes péripéties à Las Vegas l'avaient singulièrement fatigué. Un de ses amis et clients, Tong Lee, surnommé Titi, appréciait avec une dévotion non feinte son style de peinture, et se rendait régulièrement à l'atelier pour suivre l'évolution du portrait.

- Tu pourrais me peindre le même, mais en geisha ? lui dit-il brusquement
- Encore une semaine, le temps de le finir celui-là et je t'en peins une magnifique.
- Il faudrait que tu passes au restaurant pour t'imprégner des lieux, et qu'elle fasse partie intégrante des murs. Pourquoi pas ce soir d'ailleurs ? C'est vrai, on ne se voit pratiquement plus. Et puis tu dois me raconter ton séjour à Las Vegas, surtout ta fameuse rencontre nocturne que tu m'as indiqué dans ton dernier sms !

- Pourquoi pas, mais alors je paie … Aaron n'eut pas le temps de terminer sa phrase

- Non, non hors de question. Je te laisse payer le café si tu insistes, mais c'est tout, OK ? En plus ce soir j'attends un car de touristes français, il y aura de l'ambiance. Je leur ai trouvé des bonnes bouteilles de vin, tu pourras les tester toi aussi !

- Eh eh, si tu me prends par les sentiments...

- Je te laisse fermer ? Tu viens vers 20 heures ?

- Le temps de nettoyer mes pinceaux et de prendre une bonne douche, et je suis à toi.

- Alors je file, car j'ai encore un peu de préparation à assurer avant l'ouverture.

Le restaurant de Tong Lee se situait dans le quartier de Chinatown. Il était considéré comme un haut lieu de la dance de salon chinoise. Seuls les asiatiques connaissaient cette adresse très select, couples ou célibataires venant danser le « Taiji » sur un parquet spécialement aménagé, avec quelques tables disséminées tout autour. Les femmes débarquaient, parées de leurs plus belles robes tandis que les hommes se distinguaient par leurs costumes trois pièces. Tous portaient des tenues d'une élégance presque ostentatoire, digne d'une parade parfaitement concertée. Leurs mouvements aux gestes amples, mais sans bouger la tête, s'apparentaient à la valse.

Aaron respecta scrupuleusement l'horaire fixée par son ami, en arrivant pile à 20 h00.

- Viens Aaron, je t'ai installé auprès de moi. Juste une précision : tu m'excuseras mais je devrai te laisser de temps en temps pour régler les problèmes en cuisine ou en salle.

- Ah, non, la dernière fois tu m'as abandonné pendant tout le repas. J'ai fini tout seul avec ma bouteille de vin.

- Non, non cette fois, j'ai demandé à ce que l'on me dérange uniquement en cas d'urgence.

- M'ouais, comme d'habitude. Bon, prévois moi une bonne bouteille de vin alors, car je la sens pas trop ton excuse.

- Fais-moi confiance mon Aarony.

- Eh bien, justement quand tu commences à m'appeler Aarony, ce n'est pas de bon augure !

Il fallait traverser la piste de danse pour se rendre à la table que Tong Lee avait réservée. Elle jouxtait celle d'un groupe d'amis que semblaient tuer le temps en observant les deux compères. Alors qu'Aaron suspendit sa veste sur un des crochets fixé au mur, son regard se porta sur une plantureuse brune, qui elle aussi semblait gagnée par un certain trouble. Elle essaya de détourner ses yeux de ceux d'Aaron, qui devaient la fixer avec beaucoup trop d'insistance. S'apercevant de la gêne qu'il avait provoquée, il tenta de s'en excuser auprès d'elle, mais la jeune femme n'avait pas l'air de bien comprendre sa démarche.

- Excuse me miss I didn't mean to be rude, se justifia-t-il sans se priver de lui décocher un sourire aguicheur

- It's all right, sir

- Vous êtes Française ?

- Oui effectivement, j'ai un si mauvais anglais ?

- Non, au contraire, je trouve votre accent charmant, comme vos yeux d'ailleurs.

Elle rougit lorsque la conversation fut interrompue par Titi qui objecta sans complexe :

- Dis-donc tu es venu pour manger avec moi ou tu veux te joindre à eux ? Enfin ....plutôt avec cette jeune fille ?

- Mon ami a raison, je vous laisse tranquillement profiter de cette belle soirée.

Ils s'installèrent à la table d'à côté, enfonçant leurs fesses sur l'assise en cuir rouge de leur chaise.

- A mon avis, Mathilda, cet américain a totalement craqué sur toi ce soir, chuchota une des clientes de la table voisine après avoir repéré le manège d'Aaron.

- Arrête, Anais, quand même.

- Tu as vu son regard sur toi. Nous, il nous a totalement ignorées. On aurait dit que vous étiez seuls sur terre.

Elle ne savait plus trop quoi répondre. Cet échange de regard l'avait foncièrement perturbée. Pourtant ce n'était pas la première fois qu'ils se croisaient. Ils ne s'en souvenaient sans doute pas, ni l'un ni l'autre, mais devant la porte d'un restaurant à Las Vegas, ils s'étaient entraperçus fugacement et s'étaient même involontairement bousculés sur le palier.

Les serveurs qui jouaient des hanches pour se faufiler entre les danseurs, exerçaient leurs talents d'équilibristes en portant à bout de bras des plateaux chargés de nems, d'akaos, ou encore de samoussa, le tout agrémenté de divers accompagnements. Mathilda qui s'amusait de cette chorégraphie de garçons en livrée, suivait du regard la course sinueuse de l'un d'entre eux en direction de la table voisine, pour aboutir en piqué droit dans les pupilles d'Aaron, elles-mêmes fixées sur le visage de Mathilda. Tous deux manifestèrent de nouveau une forme de gêne émoustillée.

- Aaron, tu en penses quoi de ma nouvelle décoration ? s'enquit le patron asiatique.

- Ecoute, je n'étais pas revenu depuis longtemps et je la trouve vraiment classe et sobre. D'ailleurs cela correspond mieux au style de ta fidèle clientèle. A propos, c'est bizarre de recevoir ici tous ces étrangers. En plus des Français !

- C'est vrai que c'est rare. Mais c'est uniquement pour faire plaisir à mon ami qui les accompagne. D'ailleurs, laisse-moi te le présenter.

Benjamin installé à l'autre bout de la salle, aperçut son ami Titi gesticuler dans tous les sens pour l'inviter à se joindre à eux.

- Viens Benjamin, il faut que je te présente mon ami Aaron.
- Enchanté, se présenta-t-il en lui tendant la main.
- Moi de même.
- Justement j'expliquais à mon ami la présence de français ce soir dans mon restaurent. Benjamin est un guide pour touristes qui adore faire découvrir des lieux originaux. Lorsqu'il est venu m'exposer son goût pour l'authenticité et non le seul business, je lui ai fait confiance. Et cela fait désormais cinq ans que cela dure.
- C'est vrai que cela a tout de suite accroché entre nous, et je t'en remercie encore Titi, car à chaque fois mes clients ressortent avec un souvenir inoubliable de ton resto. Et vous, dit-il en s'adressant à Aaron, vous connaissez Titi depuis longtemps ?
- Oui, au début il venait dans ma boutique pour m'acheter quelques tableaux et un soir, je suis venu lui livrer quelques toiles. On a commencé à boire un apéritif et on a fini par le digestif autour de son pia-

no. Et j'ai bien peur que ce soir, il ne m'empêche de rentrer avant le dessert.

Titi invita Benjamin à s'asseoir quelques instants avec eux. Au même moment, dans l'attente des desserts, quelques français se risquèrent sur la piste de danse à la surprise de la clientèle chinoise. Ce fut assez amusant de voir plusieurs styles de pas de danse se développer sur la piste au son de l'orchestre traditionnel chinois, au rythme peu compatible avec les valses et autre tango. Pascale et Denis tentaient de se caler avec difficulté sur la musique en exécutant gauchement un paso-doble improvisé. Certes leur démonstration prêtait à sourire, mais le ridicule ne tuant pas, cette parenthèse musicale leur permit surtout de se défouler après un repas trop copieux.

Aaron profita de l'ambiance musicale pour inviter Mathilda à le rejoindre à entreprendre quelques tours de piste. Elle accepta immédiatement, surprise par sa propre spontanéité, elle de nature habituellement si réservée.

Il l'entraîna sur la piste alors même que les enceintes diffusaient une musique douce à trois temps, très proche d'une valse. Sa robe à fleurs tournoyant telle celle d'un derviche tourneur, Mathilda virevoltait jusqu'à l'étourdissement tout en plongeant ses yeux dans ceux de son partenaire. Ils semblaient seuls sur la piste, plus rien ne pouvait les déconcentrer, si ce n'est l'arrivée des desserts qui signait l'extinction des amplis. Ils retournèrent à leurs tables respectives, un peu perturbés et encore fébriles, au point de ne plus se rappeler où se trouvaient leurs places.

- Vous avez eu le temps de visiter le quartier de Castro, mademoiselle ? s'inquiéta Aaron

- Appelez-moi Mathilda. Non, mais je crois que c'est prévu au programme de demain.

- Il faut à tout prix le faire, c'est l'endroit le plus fun de San Francisco. Chaque rue vous surprendra par sa diversité. Faites-moi plaisir, lorsque vous serez sur l'avenue principale, vous trouverez un cinéma, le Castro. Vous ne pourrez pas le manquer, il n'y en a qu'un et il est décoré en rouge. Juste en face se trouve ma boutique de peinture. Venez me voir. Cela me ferait extrêmement plaisir.

- Vous avez une boutique ? Vous vendez des pots de peinture ?

- Non, je vends surtout des toiles de quelques artistes,… dont les miennes.

- C'est vrai ? Je ne suis pas sûre que je puisse me libérer, nous avons des programmes chargés, mais je vous promets de faire mon possible.

Benjamin, qui entendit la conversation se permit d'intervenir.

- Demain c'est quartier libre. On dépose les visiteurs de la prison d'Alcatraz et ensuite on passe la journée à la découverte des quartiers Castro, Chinatown, mission, Little Italie.

- Dans ce cas, j'ai même mieux. Venez à ma boutique et je vous fais découvrir des petits coins de paradis dans la ville.
- C'est que je vous connais tout juste.
- Sans doute…mais, … moi, j'ai l'impression qu'on s'est toujours connus.
- Impression partagée… Bon, alors pourquoi pas. Vous ne m'avez pas l'air bien méchant.

Après une razzia sur les alléchants desserts soigneusement disposés sur un buffet de forme pyramidale, le groupe rejoignit l'hôtel pour la dernière soirée de leur périple. Mathilda se remémorait chaque seconde, ou presque, passée en compagnie d'Aaron. Les phrases qu'il avait prononcées de sa voix chaude et enveloppante, les expressions de son visage, dont les yeux et le sourire étaient si tendrement dirigés vers elle, jusqu'à son odeur dont les fragrances agissaient en subtiles phéromones, tout lui démontrait qu'un véritable coup de foudre l'avait atteinte…

Coit Tower - San Francisco – Californie - USA

1er Rendez-vous

Debout Mathilda, il ne faut pas traîner ce matin. Il faut faire nos valises pour la dernière fois, claironna sa compagne de chambrée.

- Quoi ? Mais il est quelle heure ?
- Il est 7 heures.
- Déjà ! ouh là j'ai rien compris, j'ai dû m'endormir en cinq minutes.
- Tu as dû faire de beaux rêves avec tout ce que tu as dit dans ton sommeil. Aaron ci, Aaron là….

Elle esquissa un petit sourire gêné, souligné par de légères rougeurs sur les joues qui ne laissèrent aucun doute sur l'origine de cette émotion particulière.

Raoul, le chauffeur, accueillait ses voyageurs fidèles (mais temporaires) pour un dernier chargement de bagages en soute. Comme à son habitude, Lionel toujours aussi dévoué, l'aidait à caser les valises avec une logique d'amateur de casse-tête chinois en optimisant leur rangement dans les coffres, soucieux de ne laisser aucun espace vide inutile. Il tenait à ce rituel et le chauffeur ne s'en plaignait pas. Tout à leur gestion des volumes et des poids, leurs conversations restaient limitées, uniquement dévolues à leur besogne, et donc réduites à quelques grognements et autres gestes pour s'accorder sur leur stratégie d'assemblage. Ce qui est sûr, c'est que Raoul restera incollable sur l'équipe de foot de Marseille grâce au bourrage de crâne quotidien mené par Lionel.

Au moment de tourner la clef de contact, contrairement à son habitude, Benjamin testa la réaction de ses passagers en s'abstenant délibérément de balancer dans les enceintes la traditionnelle séquence sonore de « Gooooood Morning »

L'effet fut immédiat. Privés de leur rituel, tous se regardaient surpris de cet inhabituel silence, comme une pièce de théâtre qui attend ses trois coups de brigadier avant que le rideau ne s'ouvre. Aussitôt un brouhaha presque indigné, se répandit et s'amplifia jusqu'au fond du car.

C'est alors que Benjamin s'empara du micro.

- Ah ! ah ! elle vous manque cette petite musique. Je vous avais averti en début de voyage. Au début on est mal, on ose pas protester, on déteste même, et puis après on ne peut plus s'en passer ! Vous voulez que je la mette une dernière fois ?

Tous crièrent à l'unisson :

- Ouiiiiiiii

Un Good Morningggggg retentissant fusa sans complexe, sans qu'une seule voix ne manque à l'appel !

Le car fit un arrêt exprès pour déposer le groupe des visiteurs d'Alcatraz. Juste le temps à Anais, Mathieu, Anne et Chloé de descendre pour qu'ils se rendent sur l'embarcadère.

Après s'être délesté de ses quatre occupants, l'imposant véhicule s'ébranla en direction du quartier Castro. Benjamin, comme à son habitude, dispensa quelques consignes à ses protégés, sur le rayon d'action, l'heure et le point de rendez-vous avant qu'ils se ruent sur le macadam. Il proposa de constituer un groupe pour découvrir quelques quartiers insolites en sa compagnie, laissant les autres libres de leurs mouvements pour envisager leur propre exploration dans le dédale des rues et des places environnantes.

Quant à Mathilda, elle n'arrivait pas à se déterminer. Allait-elle rejoindre cet inconnu d'un soir ? Face à ses interrogations, ses amis du moment lui proposèrent de l'accompagner jusqu'à la boutique. Là, elle se déciderait à rester avec eux ou à franchir le pas.

La présence de Dorian, Ethan et Axel la réconforta et lui redonna un peu d'assurance. Ils déambulèrent tous ensemble le long de l'artère principale de Castro jusqu'à converger au pied du fameux cinéma rouge. D'un seul mouvement, ils se retournèrent tous pour constater qu'une petite boutique galerie de peinture lui faisait bel et bien face.

Aaron finissait d'emballer avec minutie dans du papier kraft, une toile qu'il venait tout juste de vendre à une cliente allemande, lorsqu'il vit les quatre amis pénétrer dans son magasin.

- Soyez les bienvenus, je suis heureux de vous voir, les accueilla-t-il avec un large sourire dès qu'il reconnut Mathilda. Merci d'être venue, rajouta-t-il en la dévorant du regard.

- C'est magnifique. C'est vous qui avait peint toutes ces toiles ?

- Non, non. Mais accordez-moi cinq minutes, je finis de m'occuper de cette charmante dame et je suis tout à vous.

Mathilda examina avec intérêt le florilège de peintures. Elle s'immobilisa, comme fascinée, face à la représentation de l'hindou. Son regard envoûtant la perturbait, la dérangeait même, sans trop savoir pourquoi. Une fois la cliente partie après quelques échanges de politesse conventionnels, Aaron la re-joignit immédiatement.

- Vous en pensez quoi de cet hindou ? l'interrogea-t-il

- Je n'arrive pas à expliquer la sensation qu'il me provoque. Ce regard sombre me met mal à l'aise.

- Effectivement, j'ai voulu retranscrire la force du regard de cet homme lorsque je l'ai rencontré en Inde.
- Vous aimez voyager Aaron ?
- Oui, cela me permet de trouver de l'inspiration pour mes différents projets artistiques. Et vous ?
- J'adorerais voyager plus souvent mais mes études m'ont empêché de le faire. Néanmoins, je compte bien en profiter pour rattraper le temps perdu. Déjà je prends énormément de plaisir dans ce circuit. Enfin, excepté quelques tracas de valise…
- Vous avez perdu vos valises ?
- Oh ! non, c'est plutôt une vraie énigme digne d'un polar. Deux individus semblaient tourner autour de ma valise à chaque étape depuis l'aéroport puis dans chaque hôtel où nous stationnions. Au bout de plusieurs tentatives infructueuses, ils ont réussi à l'ouvrir et à en découper le fond sans pour autant en dérober le contenu. Incompréhensible !
- Quoi ! Votre valise, bafouilla soudainement Aaron

Elle fut surprise de sa réaction démesurée. Son visage semblait se décomposer à l'écoute de son récit. Comme si on venait de lui annoncer une mauvaise nouvelle. S'apercevant de sa mauvaise réaction, il essaya de se reprendre tant bien que mal.

- Excusez ma réaction, mais je ne supporte pas que l'on commette ce genre de vol sur les touristes.

Cela nuit gravement à l'image de l'Amérique déjà bien écornée par notre mode de fonctionnement.

Tandis qu'ils poursuivaient leur conversation, les trois compagnons de Mathilda qui l'avaient escortée jusqu'ici, se sentaient totalement ignorés. A force de contempler toiles et sculptures dans les moindres détails, ils pourraient se permettre de tenir la galerie et d'en décrire les œuvres avec l'assurance d'un expert. Pour tuer le temps, ils se photographiaient, enserrant entre leurs mains une miniature figurant une succession de pandas à l'effigie de Superman, Batman et autres super héros, tous revêtus de déguisements peints à la main. Néanmoins, la patience d'Ethan ayant franchi sa limite, il rompit leur langoureuse causerie :

- Excusez-moi de vous déranger au milieu de votre grande et heureuse conversation, mais nous n'avons qu'une seule journée pour visiter les environs avant notre départ en avion.

- Vous avez raison les gars, j'ai prévu de magnifiques points de vue, s'exclama Aaron.

Mathilda s'éloigna discrètement avec Ethan, l'entraînant dans une cavité de la boutique.

- Tu sais, il a l'air correct ce gars. Si vous voulez, vous pouvez nous laisser, à moins que cela vous intéresse de venir avec nous ?

- Certainement pas ! Pour endosser le rôle de chaperon ? Tu as vu comme vous vous dévorez des yeux ? Je préfère vous laisser tranquillement entre amoureux. Par contre tu laisses ta géolocalisation sur ton portable et tu n'hésites pas à nous appeler. OK ?

Elle lui adressa un sourire gêné, soulignant son embarras accentuée par de légères rougeurs sur ses joues. Elle vérifia les paramètres de son portable pour activer sa géolocalisation.

Dès que le petit groupe eut évacué les lieux, Aaron s'empressa de retourner l'écriteau fixé sur sa porte au moyen d'une chaînette, affichant en lettres rouges un « Closed » pour dissuader quiconque de s'introduire dans sa boutique. Ils s'aventurèrent tous deux à l'extérieur, Aaron invitant sa nouvelle amie à découvrir la grande avenue de Castro parsemée de commerces de souvenirs exhibant une profusion d'objets farfelus, burlesques, souvent coquins. Certains s'accordaient à la réputation du quartier, comme des masques, des instruments sexuels, des vêtements en cuir, de nombreux articles convoités par les extravertis. Le quartier entier était aux couleurs de l'arc-en-ciel, l'emblème des gays, depuis les drapeaux arrimés aux façades, en passant par les passages cloutés, jusqu'aux paillassons des commerces, tous portaient les caractéristiques couleurs multicolores. Les couples homos déambulaient librement sans tabou, main dans la main, ou main dans la poche de leur compagnon. Aaron s'abstenant de gaspiller ce temps précieux en bonne compagnie déserta au plus vite ces lieux trop touristiques au profit d'endroits plus calmes, connus presque exclusivement des autochtones.

Mais peu après, ils bifurquèrent dans une rue voisine, pour se retrouver face à une maison au style singulier, assaillie de nombreux touristes stationnant sur le trottoir opposé. Ils se prenaient frénétiquement en photo, en selfie ou en groupe devant cette étrange bâtisse revêtue d'un joli bardage en bois bleu.

- Tu ne reconnais pas cette maison ? Tous les français viennent ici lors de leur voyage à San Francisco.

Il fallut qu'elle se rapproche de la porte de garage en bois formée de carreaux de couleur azurée pour trouver la réponse. Une plaque jaune écrite en français et en anglais mentionnait une inscription : En 1970, Maxime Le Forestier s'est inspiré de cette maison Bleue pour l'écriture d'un de ses tous premiers succès « San Francisco » Aussitôt Mathilda se surprit à chantonner dans sa tête : « C'est une maison bleue adossée à la colline……la la la la »

- Prenez moi en photo devant cette plaque, que je la montre à ma grand-mère Christiane. Commanda-t-elle à Aaron. C'est une grande fan de Maxime.

- Je me doutais que cela vous ferait plaisir. Pas un français ne peut résister à cette maison.

- Je vous avoue que je connaissais l'air de cette chanson mais ne savais pas qui était l'auteur ni son histoire.

Après avoir imité la nuée de touristes, en photographiant la célèbre demeure adossée à la colline, les deux tourtereaux reprirent leur marche en direction du quartier Missing, renommé pour ses fresques murales géantes de toute beauté. L'illusion des formes et des perspectives dans les scènes représentées, sublimait un relief saisissant et occultait complétement les ternes façades d'origine. Complètement fascinée par ce décor en trompe-l'œil, Mathilda, le nez en l'air, avait du mal à garder la bonne direction, oubliant de regarder où elle mettait les pieds. A plusieurs reprises Aaron dû intervenir en la retenant par le bras pour lui éviter de se faire renverser par des voitures, tellement la splendeur de ces toiles à ciel ouvert l'absorbait.

- Je vois que cela vous plaît ? constata son compagnon d'escapade.

Elle ne répondit même pas à sa question, le temps semblant s'être arrêté. Plutôt satisfait de l'effet produit grâce à son initiative, Aaron ne lui tint pas rigueur de l'ignorer momentanément. Dopé par l'enthousiasme de Mathilda, il lui sortit le grand jeu, en lui faisant découvrir d'autres lieux magiques, empruntant des petites rues parallèles dont l'état dégradé n'invitait pas les touristes à explorer leurs abords. En effet, ce vieux quartier de San Francisco abrite la population la plus pauvre de la ville, majoritairement et historiquement des hispaniques. La grisaille environnante, contrastait avec la débauche de couleurs du précédent quartier Street art. Mathilda perdit brusquement son capital de confiance et de sérénité en sillonnant ces rues étroites en compagnie de cet homme qui l'intriguait et commençait même à l'inquiéter.

- Rassurez-vous, l'endroit est plus populaire, mais les gens sont respectueux et ouverts. Et puis vous êtes avec moi, déclara Aaron qui percevait l'appréhension de Mathilda

- Justement, je vous connais depuis un seul jour, et vous m'amenez dans des endroits saugrenus.

- Saugrenus ? Cela faisait longtemps que je n'avais entendu une telle expression.

- Saugrenu, bizarre, en tout cas je ne suis pas à l'aise.

- Regardez ma chère Mathilda, ces gens saugrenus se sont rassemblés au pied de leurs logements pour faire la fête entre eux. Allons les rejoindre.

En effet, dès l'entrée de la rue, une femme imposante à demi effondrée sur une chaise derrière une table de camping en partie encombrée par sa poitrine opulente et débordante, encaissait toutes les bonnes âmes qui souhaitaient participer à financer boissons et nourriture. A proximité, un homme en tricot de corps qui laissait s'échapper un buisson de poils mi-sel mi-poivre, s'occupait de la cuisson d'un barbecue. Dix mètres plus loin, deux jeunes garçons s'affairaient à régler la sono. Elle diffusait de la musique techno dont les décibels faisaient vibrer les vitres des appartements alentours. Quelques personnes essayaient de danser sur le rythme effréné et obsédant de l'électro. Les gens s'attroupaient par petits groupes, palabrant une canette de coca ou de bière à la main. Un mélange d'ambiance populaire, matinée d'une poignée de bobos, sous fond de festival de house music.

Mathilda commençait à se détendre petit à petit en esquissant quelques pas de danse tout en dégustant une bière blanche accompagnée d'un savoureux hotdog qu'elle avait néanmoins du mal à déguster, faute de maîtriser les épais suintements de sa sauce dégoulinante. Sa robe à fleurs faillit d'ailleurs en faire les frais, mais finalement seules quelques projections effleurèrent ses chaussures hautes en toile. Aaron, sans doute plus coutumier de ces menus, jonglait habilement avec ses mandibules, épargnant son polo bleu de la moindre souillure. Passé cet intermède festif, il l'invita à poursuivre leur équipée, pour cause de planning serré.

Ils gravirent une petite colline débouchant sur un immense parc, le « Dolores Park » doté de nombreuses infrastructures de loisir et de sport : de la pelouse à perte de vue, des terrains de tennis, de basketball et même de football, enfin plutôt de soccer, la déclinaison américaine de notre ballon rond. La plupart des personnes paressaient, allongés dans l'herbe, et des familles pique-niquaient sur leur couverture tout en surveillant les enfants s'égayant dans l'aire de jeu.

A la surprise de sa compagne de promenade, Aaron se dirigea vers une couverture rouge à carreaux disposée sur le gazon, avec un panier en osier à proximité, le tout laissé à l'abandon. Il invita Mathilda à s'y asseoir, tout en extirpant nonchalamment du panier une bouteille de champagne et deux flûtes, provoquant le ravissement de la jeune femme. En secret, il avait demandé la veille à son ami Titi d'organiser cette agréable attention.

- J'espère que vous aimez le champagne ? Il est français.

- Vous ne pouvez pas me faire plus plaisir. C'est un véritable bonheur cet endroit. Vous amenez ici toutes vos conquêtes ?

- Non, je n'amène que les touristes françaises ici… les autres je leur réserve un tour dans mon Van jusqu'à un autre parc, le « Golden Park » plaisanta-t-il

- Zut, j'aurais préféré le Golden. Il paraît que les jardins japonais y sont magnifiques, répondit-elle avec malice

Sans même s'en rendre compte, Mathilda s'exprimait d'une voix plus basse, à la limite du chuchotement, obligeant son ami à se rapprocher d'elle pour mieux l'entendre. La proximité de leurs visages qui se touchaient presque désormais provoqua subitement une accélération du pouls d'Aaron. Mathilda s'interrompit. Il approcha sa bouche de ses lèvres, un peu hésitant au départ, puis plus audacieux, il lui appliqua un doux baiser furtif. Elle ne fut pas vraiment surprise, et s'abstint de le repousser. Bien au contraire, elle l'embrassa langoureusement avec une passion non feinte, mais un peu maladroitement, comme de jeunes collégiens au cours de leur premier rencart. Tout ce long temps d'approche, pour finir trivialement enlacée avec son partenaire, en se roulant sur la couverture. Le monde autour d'eux s'était évaporé. Ils s'étaient réfugiés dans leur bulle d'amour, et ils ignoraient totalement les regards interloqués de leurs voisins. Aaron en pseudo cannibale la dévorait, lui serrant la tête entre ses mains, incapable de la relâcher, sauf pour consentir à quelques bouffées d'oxygène.

- Je n'ai jamais senti un tel sentiment de bonheur, se lâcha le peintre dans l'herbe. J'espère que je ne t'ai pas écrasée ? Excuse-moi, je te tutoie, cela ne te dérange pas ?

- Je pense que l'on a passé ce stade, non ? Je t'avoue que cela fait du bien de lâcher prise l'espace d'un instant. Et puis ce lieu s'y prête, tu ne crois pas ?

- Lorsque je viens dans ce parc, je me pose à cet endroit précis et j'observe les gens. Tu vois les terrains de basket ? Souvent j'assiste à des minitournois entre jeunes du quartier. Et de ce côté-là, je contemple les amoureux s'embrassant dans l'herbe, dit-il en lui adressant un clin d'œil. D'ailleurs, je prends quelques photos discrètement. Ça m'inspire pour mes peintures. J'essaie de capter les regards, les joies, les tristesses de ces personnages. Maintenant il faut que je t'emmène à un autre endroit méconnu du tourisme de masse, pour te montrer mon inspiration de paysages majestueux. Par contre, j'en suis profondément désolé mais il va falloir s'activer car je ne voudrais pas que tu loupes ton avion. Quoique ……

- Un avion, quel avion ? Minauda Mathilda. Je pourrais rester indéfiniment dans ce parc.
- Arrête, ne me tente pas.

Après les ultimes coupettes de champagne mêlées à quelques derniers échanges de baisers très sensuels, Aaron soupira, se résigna à replier la couverture et regarnir le panier en osier avec la bouteille et les verres vides que son ami restaurateur viendrait récupérer.

Puis, poursuivant leur périple, Ils se perdirent dans les petites rues du quartier de Chinatown.

Ce quartier, l'un des plus vieux de la ville, s'est développé spontanément avec l'afflux important de la communauté chinoise, à partir des années 1848. Mélange de deux cultures, cette ville dans la ville, constituait une sorte de syncrétisme entre l'Amérique de Chicago composée d'immeubles de cinq à six étages équipés d'échelles métalliques accrochées à la façade ou reliant à l'oblique les balcons entre eux, et la Chine moderne avec ses innombrables boutiques de souvenirs, ses trois cents restaurants asiatiques au bas mot. Des effluves épicés se diffusaient dans l'atmosphère, attirant irrésistiblement Mathilda vers les étals regorgeant de poissons, crevettes séchées, plantes aromatiques, et autres piments aux vertus inavouables. Une diversité colorée et odorante qui la surprenait dès qu'elle pénétrait dans une boutique.

Les deux amoureux flânaient au milieu de ce bric-à-brac alimentaire, ils s'effleuraient du bout des doigts ou se prenaient maladroitement les mains, comme deux ados boutonneux ne sachant pas gérer leurs premiers émois.

Néanmoins le visage de Mathilda, surmonté de son chapeau en paille assorti à sa robe, irradiait de félicité, tandis qu'Aaron s'était assombri et manifestait quelques moments d'absence.

Il posa subitement la question qui le démangeait depuis leur pique-nique bucolique :

- Au fait, tu as vu les deux gars de ta valise ?
- Pourquoi tu penses à ça ? répondit-elle, s'arrachant brutalement à sa béatitude. Oui, je les ai vus. J'ai d'ailleurs une photo d'eux sur mon téléphone, prise dans la vallée de la Mort.
- Tu l'as montrée à la police ? questionna Aaron, sans pouvoir masquer sa nervosité

- Non, avec mon guide on a préféré laisser tomber. D'ailleurs on ne m'a rien volé. Du moins rien à moi. On avait pensé à un trafic de drogue planquée dans un double fond. J'aurais servi de mule ! Mais craignant de me retrouver bloquée à la frontière, j'ai préféré rien dire et éviter des tracas inutiles en fin de séjour. Mais pourquoi tu me parles de cela tout à coup ?

- Rien, rien. Un conseil cependant : par précaution, tu devrais supprimer cette photo pour éviter des ennuis.... Bon, laissons tomber, et continuons la visite. J'aimerais te faire voir une place, le Portsmouth Square, où tous les chinois se réunissent. Certains jouent aux dominos, d'autres pratiquent le tai-chi. C'est encore une ambiance différente qu'il faut à tout prix que tu vives avant de quitter San Francisco.

Les voilà repartis au cœur de Chinatown, pour débarquer sur une place centrale enclavée entre quelques gratte-ciel. Elle était totalement investie pas des asiatiques s'affairant tout autour d'une imposante sculpture féminine, cheveux au vent, brandissant des deux mains une oriflamme, sorte de déesse de la démocratie inspirée de la statue de la Liberté. Intriguée par de petits groupes qui jouaient aux cartes, Mathilda tentait de comprendre les règles mais ils brassaient leurs rectangles cartonnés avec une telle rapidité qu'il semblait impossible d'en décrypter la logique. Profitant d'un banc inoccupé, ils s'accordèrent une pause propice à mieux se découvrir. Elle lui parla de son emploi, sa vie parisienne, sa famille grenobloise, sans oublier sa chatte Chipie. Aaron comprit qu'elle nourrissait une vraie passion pour son travail, et son cabinet de radiologie qu'elle avait fondé avec succès. Aaron, de son côté essayait de résumer ses multiples activités autour de se galerie, sa maîtrise d'internet, ses divers voyages. Elle l'écoutait ébahie et fascinée par son parcours de vie un peu bohême, à mille lieux du sien, bien plus cadré, conventionnel et ritualisé. Ses yeux brillaient d'émerveillement, le son de sa voix la berçait jusqu'au moment où s'interrompant, il souleva délicatement son large chapeau qui dissimulait ses yeux verts, et lui tendit à nouveau ses lèvres.

- Comment vais-je faire pour rentrer à Paris ?
- Reste avec moi.
- Ce n'est pas si simple. Et puis je te connais tout juste depuis 24 heures.
- Tu te répètes ! Moi je te l'ai déjà dit, j'ai l'impression de te connaître depuis toujours. Reste avec moi, je te dis. Ma boutique marche bien, et j'ai une grosse vente de prévue, ce qui nous permettrait de vivre ensemble pendant longtemps. Nous aurons deux enfants, une fille et un garçon, un chat, un chien dans une maison au bord d'une colline avec vue sur la mer. Qu'en dis-tu ?

- Dans une autre vie, pourquoi pas. Mais je ne peux pas tout quitter du jour au lendemain.

Aaron ne semblait pas plaisanter du tout, et toutes ces annonces projetaient Mathilda dans un véritable projet de vie, loin des siens mais avec un homme qui lui plaisait tant. Elle, si organisée et prévoyante dans la conduite de sa vie, perdait d'un seul coup tous ses repères. Elle s'était totalement abandonnée dans des pensées contradictoires, mais ne pouvait s'empêcher de s'imaginer sur la terrasse de sa maison contemplant le pont du Golden Gate. Ce n'étaient que des flashs, sans doute utopiques, mais tellement palpitants…

Sa douce rêverie fut brutalement interrompue par les sirènes hurlantes de plusieurs voitures de police. Dans ce concert aux décibels insupportables, elles bifurquaient à vive allure vers le pub « Le Nemrod » que fréquentaient nos deux voleurs de valises.

Scène de crime

Ce matin-là, lors de la tournée du ramassage des poubelles, les rippers de San Francisco avaient eu une surprenante apparition en basculant la benne d'ordures dans leur camion. Deux corps visiblement sans vie tombèrent directement dans le camion. Arrivés sur les lieux, les officiers du shérif local formèrent un cordon de sécurité, dispersèrent les badauds, barricadèrent l'accès au parking et immobilisèrent le camion. Après avoir fouillé les deux corps inertes, les policiers durent se rendre à l'évidence : aucun papier sur eux, ni argent, leurs poches étaient totalement vides.

S'ensuivit sans tarder l'audition du patron du pub qui les avait reçus dans son établissement, et qui confirma leur présence au cours de cette soirée animée. Il relata que les deux hommes ne se privaient pas d'exhiber leurs liasses de dollars. Ils avaient offerts de nombreux verres au comptoir du pub à tous les clients présents. Il se garda bien de dévoiler leur identité, expliquant qu'ils fréquentaient sporadiquement son établissement, mais qu'il n'avait jamais cherché à s'intéresser à leur vie, ou à connaître leurs noms. Ce n'était pas le genre de la maison, ajouta-t-il. Néanmoins, il révéla qu'ils se faisaient appeler Sergio et Rodrigo, sans pouvoir confirmer qu'il s'agissait de leurs vrais prénoms. Lorsqu'il s'aperçut, après ces confidences que le shérif hochait la tête d'un air entendu, son regard se troubla, devint un peu fuyant. Le policier ressentit ce vague malaise, laissant planer le doute sur des informations qu'il détenait mais se refusait à dévoiler. Il poursuivit son interrogatoire avec insistance, mais le patron affirma qu'il ne savait rien d'autre sur leur compte, ce que confirmèrent les quelques témoins présents sur place, qui avaient assisté aux débordements de la veille. Par crainte de représailles, il se garda bien d'évoquer le mystérieux appel téléphonique qu'il avait reçu peu avant le départ des deux hommes aux poches bien garnis. Parallèlement dans les locaux de la police d'investigation, les résultats de l'exploitation des bandes de vidéosurveillance, notamment celles filmant le parking proche du bar, et les entrées et sorties des véhicules des clients, ne fournirent pas d'indice supplémentaire. Et malgré les nombreuses caméras équipant la ville, aucune n'était orientée directement vers la sortie du bar, et encore moins sur le lieu du crime.

En l'absence d'éléments concrets, le shérif se contenta de s'orienter vers la piste du guet-apens au coin de la rue dans le but de détrousser les deux défunts, et de les soulager de leurs encombrantes liasses.

Le patron était loin de se douter du sort réservé aux deux acolytes.

La veille au soir, leur chef les attendait patiemment, confortablement enfoncé dans le siège en cuir de son véhicule, jetant de réguliers coups d'œil dans ses rétroviseurs qui offraient une vue imprenable sur la sortie du bar de Rémy. Au moment où Sergio et Rodrigo se retrouvèrent sur le trottoir et commencèrent à l'arpenter en titubant tout en s'interrogeant sur la meilleure direction à prendre pour rejoindre leur domicile, leur boss surgit devant eux, et leur intima l'ordre de le suivre sous prétexte de leur confier une mission de toute importance. Tout en les félicitant de nouveau pour avoir su mener l'affaire du tableau avec professionnalisme, il les appâta avec une nouvelle promesse de gain bien plus conséquente que la précédente. Il les entraîna dans une arrière-cour à peine éclairée d'une ampoule blafarde, pour leur montrer les précieuses pierres qu'ils seraient censés convoyer. Les deux amis bien éméchés, intrigués, mais surtout alléchés par le matelas de devises qu'ils visualisaient déjà, ne se méfièrent pas une seconde. Leur commanditaire se recula à pas feutrés dans une zone d'ombre pour les inviter à contempler sa marchandise. Ils s'approchèrent, écarquillant leurs pupilles dilatées dont la vision réduite par leur état les empêcha d'apercevoir la batte de baseball dissimulée dans le dos de leur pourvoyeur. Avec une rapidité de félin, ce dernier leur asséna à chacun un coup violent et précis derrière la nuque. Sans même un râle, ils s'effondrèrent tous deux sur le sol dans un bruit sourd et amorti, comme deux vulgaires sacs de sable jetés d'un camion.

- Je vous avais dit de rester discret. leur rappela-t-il avec un air désolé, tout en leur distribuant de féroces coups de batte, réduisant littéralement leur visage et leurs membres désarticulés en bouillie.

Après s'être assuré que leur dernier souffle était rendu, et qu'aucun témoin n'avait pu assister à sa correction, il s'empara de leur portefeuille encore chargé de billets verts, travestissant ainsi son forfait en crime crapuleux. Il traîna les corps tuméfiés et quasi méconnaissables jusqu'à deux containers à déchets à l'abri des regards, et s'en débarrassa après quelques efforts pour les hisser. Il referma soigneusement les couvercles des poubelles et s'assura qu'il n'avait pas laissé d'indices autres que les inévitables flaques de sang qui se répandaient sur le bitume.

Fresque du quatier Mission San Francisco
Californie - USA

L'escapade amoureuse

Aaron et Mathilda nullement préoccupés par le tumulte des voitures de police qui s'affairaient toujours autour de la scène de crime de la veille, empruntèrent un petit chemin qui traversait un jardin tropical situé à flanc de colline, où quelques maisons de riches californiens se fondaient dans la végétation luxuriante. Aaron prit la main de Mathilda et s'immobilisa devant un érable du Japon aux fleurs jaune d'or. Il l'invita à porter son regard sur les frondaisons de l'arbre majestueux.

- Regarde bien sur la dernière branche, le petit oiseau vert avec le bec rouge.
- Il est magnifique ! C'est quoi ?
- C'est un des fameux perroquets de Telegraph Hill. J'en suis raide dingue. D'ailleurs C'est l'une des toiles que je vends le plus dans ma boutique. Et j'en case toujours au moins un sur les tableaux que je peins !
- Tu viens souvent ici ?
- Dès que j'ai un manque d'inspiration, je viens quelques instants me recueillir dans l'espoir que quelques idées me viennent. Mais là où je passe le

plus de temps c'est au sommet. Là-haut, dans le parc de la Coit Tower.

Poursuivant leur ascension à travers un chemin escarpé puis sur une portion de chaussée goudronnée, tout en s'enivrant des fragrances d'essences de plantes en bordure de route, ils débouchèrent sur l'orgueilleuse tour en forme de gigantesque château d'eau. Ce monument de style art-déco de plus de soixante mètres de haut, érigé en hommage aux pompiers de la ville, surplombait toute la baie de San Francisco.

- Je me pose précisément à cet endroit et j'observe les gens, les bateaux, les ferrys, les embouteillages du centre-ville. J'écoute les sirènes des ambulances, des pompiers ou de la police. Il m'arrive de venir et de rester des heures. En été, je viens également avec mon Van passer la nuit à observer la ville plongée dans le noir. Enfin, si on peut le dire. Car d'ici ce n'est pas les étoiles qui scintillent mais les éclairages des ponts, des rues et des bâtiments.

- Hier soir au retour, le car nous a amenés sur une sorte d'Ile en plein milieu d'un pont, Treasure Island, je crois, enchaîna Mathilda. On a pu le voir. C'était magique, comme ce voyage… Et comme notre rencontre.

Cette remarque n'eut pour effet que d'emballer de nouveau son cœur palpitant. La confusion régnait dans toute cette gamme d'émotions qui la submergeait, oscillant entre joie et mélancolie, partagée entre l'envie de son retour en France et son désir de vivre son histoire d'amour naissant. Aaron, conscient de son bouleversement intérieur ne manqua pas de la réconforter en la serrant tendrement dans ses bras.

- Ne sois pas triste. Cela nous tombe dessus à tous les deux. Il est clair qu'il va falloir que tu rentres reprendre ta vie à Paris. On communiquera et on laissera faire le temps.
- Oui, il va falloir que j'arrive à t'oublier.
- Peut-être pas…….Dès fois je débarque chez toi à l'improviste.
- En attendant, embrasse-moi !

Le temps passait rapidement, trop rapidement selon Mathilda qui vérifiait régulièrement l'heure sur son portable, et s'affolait de voir les chiffres tourner et la rapprocher inexorablement de son retour de l'autre côté de l'Atlantique. Elle devrait se résoudre maintenant à se rendre au point de rendez-vous fixé par le guide dans le quartier de Chinatown. Pour gagner du temps et surtout pour lui éviter que son retour tourne au calvaire, Aaron l'accompagna jusqu'à l'arrêt du Cable Car, le moyen de transport préféré des touristes.

Quand la cloche annonçant l'arrivée du tramway retentit au croisement de la rue, quelle ne fut pas la surprise de Mathilda en découvrant au fur et à mesure que le véhicule émergeait de la ligne de crête, un vieux wagon métallique au style début vingtième siècle, tiré poussivement par un câble dans le sol. Ils eurent juste le temps de rejoindre l'arrêt et d'enjamber le marchepied avant que la rame ne reparte accompagnée de sinistres grincements et gémissements de ferraille. A l'intérieur, le confort s'avérait très spartiate, les passagers se contentant de simples bancs en bois distribué autour du chauffeur qui occupait une position centrale et qui manœuvrait sa cloche et son levier, plongé dans une torpeur proche de la neurasthénie.

A peine installés dans le Cable car, les deux tourtereaux se retournèrent au son d'une voix familière.

- Mathilda ?
- Anaïs ? Vous êtes tous revenus d'Alcatraz ?
- Oui, il faut qu'on te raconte, on a pris le ....

Découvrant la présence d'Aaron, Anaïs s'interrompit brutalement comme si elle assistait à une apparition de la Vierge Marie. Elle le fixa d'un air déconcerté.

- Bon comme vous l'avez compris, je vous présente Aaron, le bel inconnu du restaurant d'hier soir, finit par confesser Mathilda.

- Hello, ne vous arrêtez pas pour moi, poursuivit Aaron. Continuez votre visite d'Alcatraz. En plus la dernière fois que j'y suis allé, j'ai dû m'évader de ma cellule et rejoindre le rivage à la nage.

- Vous étiez un prisonnier d'Alcatraz ?

- Mais non, je vous charrie. On dit ainsi en français ? Charrie ?

- Oui, vous m'avez bien eu, j'ai presque failli vous croire……… Bon je vous raconte alors. Nous avons pris le ferry pour rejoindre l'île. A peine arrivés, nous avons mis un casque audio, et au fur et à mesure de la visite nous entendions les hurlements des prisonniers comme si nous étions parmi eux.

- Vous avez vu la geôle du fameux Al Capone ? demanda Mathilda.

- Oui, ils ont même mis en scène certaines cellules avec les meubles, comme elles étaient équipées autrefois. Avec des petites pièces meublées d'un lit, un WC, et une table. Une visite intéressante. Et la vue des remparts sur la baie de San Francisco. A couper le souffle !

Pendant qu'Anaïs relatait, enthousiaste leur excursion carcérale, Anne et Chloé observaient Aaron du coin de l'œil, comme s'il agissait d'une bête curieuse. Anne se tenait debout grâce à la barre de maintien du tram, laissant entrevoir ses bras et ses épaules bien dessinés, un panaché de force et de grâce qui sublimait sa féminité. Cette plastique harmonieuse ne devait rien au hasard, mais au sport pratiqué à haute dose à raison d'une à deux séances quotidiennes en club de sport. Du Cross Fit au body combat, elle était si adepte qu'elle ne pouvait se passer de sa dose.

- Eh, girl, waiting. Inside, please !

Le conducteur l'interpella quand il s'aperçut qu'Anne se déportait dangereusement à l'extérieur du wagon, au risque de heurter un objet à proximité des rails. Aaron se permit de l'avertir à son tour sur les dangers qu'elle encourait si elle persistait dans cette posture imprudente.

- Il vous dit de faire attention car vous risquez de percuter les panneaux ou des branches qui empiètent sur le tracé de la voie ferrée.
- Oui merci, mais il crie un peu fort le monsieur. Vous ne trouvez pas ?
- Cela fait partie de la scénographie de San Francisco !

Effectivement le gripman en question, ainsi dénommé car il avait pour fonction de manier la griffe reliée au câble, criait à tout bout de champ sur les touristes insouciants et indisciplinés et actionnait sa cloche avec agacement. D'ailleurs, à l'observer de plus près, Anne se fit la réflexion que le conducteur, un grand black vêtu d'un uniforme et d'une casquette, s'apparentait plus au stéréotype du videur de boîte de nuit que du chauffeur de locomotive.

Arrivés au terminus, ils constataient que le car, garé en double file, attendait les derniers retardataires pour prendre la route en direction de l'aéroport.

C'était la dernière fois que les passagers gravissaient les deux marches du bus, et l'émotion était palpable, notamment celle de Benjamin qui se confondait en remerciements à chaque fois qu'un des voyageurs lui remettait la traditionnelle enveloppe contenant les derniers dollars qui avaient échappé au tiroir-caisse des boutiques de souvenirs. Le pourboire était toujours vivement recommandé par les agences de voyage, récompensant la bienveillance et la compétence du guide et du chauffeur, et complétant leurs maigres émoluments. Les touristes français sont souvent montrés du doigt pour leur avarice en la matière, ce qui ne semblait pas vraiment être le cas avec ce groupe, au vu des sourires rayonnants de reconnaissance de leur bien-aimé guide.

Mathilda s'engouffra en bonne dernière dans le véhicule, essuyant distraitement d'un revers de main, ses lèvres encore humectées par les ferventes et ultimes embrassades de son Aaron. Elle dut reprendre tous ses esprits pour retrouver dans son sac les deux pochettes qu'elle avait soigneusement préparées à l'attention de Benjamin et de Raoul. La simple traversée du couloir pour rejoindre sa place tout au fond, à côté de Rose lui parut interminable, digne d'un calvaire. Néanmoins passant de siège en siège, au fur et à mesure qu'elle croisait ses condisciples de voyage, elle fut gratifiée de nombreux encouragements et de gestes attendrissants. Tous assistaient aux adieux déchirants du couple depuis les fenêtres du car. Sans pour autant agiter son mouchoir, les larmes aux yeux, Aaron attendit cependant que le car se perde dans la circulation pour enfin regagner son Van.

La tête contre la vitre, les yeux embués, la gorge serrée, Mathilda regardait défiler la route sans y prêter la moindre attention. Envahie d'une infinie tristesse, elle se résolut à chausser ses lunettes de soleil, cherchant plus à se protéger du monde extérieur que du soleil, d'ailleurs très discret ce jour-là. Par flashs successifs, elle revisitait ces moments uniques avec son peintre, se remémorant des odeurs délicates, la sensation du vent sur les hauteurs de San Francisco, le perroquet aux couleurs éclatantes, tout ce qui évoquait douceur et bonheur.

La mélancolie qui l'étreignait depuis sa séparation, se diffusait maintenant comme un fluide invisible, encerclant chaque passager et s'introduisant pernicieusement en eux à l'approche de l'aéroport. Tous habités d'une humeur cafardeuse, ils descendirent du car dans un silence pesant mais durent vite reprendre leur destin en main, pour atteindre l'entrée de l'aéroport.

Les adieux au chauffeur ne s'éternisèrent pas, Benjamin se montrant pressant auprès de ses protégés, soucieux de les mener à bon port et à l'heure. Il craignait surtout que quelques énergumènes s'égarent dans les nombreux couloirs, étages, et zones d'embarquement. Entre les personnes âgées stressées par l'environnement sonore, qui s'agglutinaient autour du guide comme un essaim de mouches en se cramponnant à leur chariot surchargé de bagages empilés, et les accros au shopping qui dévalisaient les duty free croyant faire une affaire en achetant des babioles inutiles qui prendraient la poussière sur des étagères au milieu d'autres horreurs importés de séjours précédents. Les pauses pipi qui n'en finissaient plus, surtout les toilettes de femmes reconnaissables aux queux qui n'en finissaient pas de s'allonger. Les nostalgiques invétérés au bord du suicide lorsqu'ils réalisaient enfin qu'ils reprendraient le boulot le surlendemain. Et celles et ceux qui mataient les taxis hésitant à retourner se perdre dans la cité des anges (enfin concernant Mathilda, surtout un qui avait troqué ses ailes pour des pinceaux).

Bref par expérience, Benjamin savait que rassembler ses troupes en temps et en heure avant le départ relevait à chaque fois d'un nouveau défi. Bon an mal an, sa mission était un succès, le décompte de son troupeau à deux pattes étant parfaitement identique à celui de l'arrivée. Mathilda eut tout juste le temps de faire la seule et unique bise de tout le séjour à Benjamin au seuil de la salle d'embarquement, qu'un message vibrant dans tous les sens du terme, s'afficha sur son smartphone. Sans surprise, elle découvrit l'expéditeur.

- Je suis garé devant l'aéroport sur les places de taxi avec mon Van. Ne réfléchis pas, viens avec moi.

Mon amour est trop fort pour te laisser partir en France. Je t'attends. JE T'AIME !!!! Très sérieusement. Aaron.

Douloureusement, elle activa le mode avion de son téléphone, et embarqua.

****

Aéroport Charles De Gaulle, Paris. Trois berlines bleues débarquèrent en trombe. A bord de l'une d'entre elles, l'inspecteur Duval s'extirpa nerveusement, et se dirigea d'un pas énergique et décidé vers les locaux de la PAF, la **P**olice **A**ux **F**rontières.

- Bonjour Inspecteur, on m'a informé de votre venue. Le Boeing 747 de San Francisco en question ne devrait pas tarder, il est prévu qu'il atterrisse à 12h15 comme l'indique notre centre de contrôle.
- Merci à vous ! Surtout je tiens à ce que vous fassiez preuve d'une discrétion exemplaire. Vous isolez sa valise le temps de la fouiller et vous la remettez sur le tapis roulant. C'est bien compris ?

Le vol 2115 de la compagnie American Airlines prit fin sur le tarmac de l'aéroport à l'heure prévue. Le voyage avait été éclipsé pour Mathilda, grâce à l'absorption de somnifères. Encore toute endormie, elle avait un peu de mal à émerger, à rassembler ses affaires, et se revêtir. Ayant passé l'étape du contrôle des passeports au guichet de la police, elle s'empressa de récupérer ses valises sur le tapis roulant correspondant à son vol. Elle fut une des premières à intercepter ses valises, soulagée de les retrouver sans dommage apparent.

Pour la toute dernière fois, le groupe au complet s'était reconstitué devant la sortie afin d'échanger leurs coordonnées respectives. Mathilda se trouva au centre de toutes les attentions et l'objet de nombreuses invitations, ce qui ne manqua pas de la toucher au plus profond de sa sensibilité. Fabrice et Marie lui proposèrent de les retrouver dans leur restaurant avec Denis, Pascale Isa et Nordine, Rose insista pour partager un après-midi avec elle et lui présenter sa fille et ses petits-enfants, Lionel lui suggéra une sortie dans les calanques de Marseille, Anne et Chloé comptaient sur elle en tant que témoin pour renouveler leur vœux, et Anais et Mathieu lui firent promettre d'accepter un week-end culinaire à Lyon.

Si elle devait s'engager à honorer toutes ces sollicitations, elle devrait pouvoir occuper ses loisirs pendant une bonne année.

Au terme des ultimes adieux et épanchements associés, leur petite assemblée se disloqua, et s'éparpilla dans de multiples directions. Seuls les trois garçons, les amis inséparables tenaient à l'accompagner jusqu'au taxi qu'ils décidèrent de partager, peut-être aussi pour s'offrir quelques heures supplémentaires avec elle. Bien qu'elle n'ait guère l'esprit à converser, elle s'efforça quand même à bavarder un peu et même à leur proposer de prendre un café chez elle, sans manifester une franche conviction.

- Voilà où j'habite. Vous voulez monter visiter mon appart, les garçons ?

- C'est gentil, mais je n'ai qu'un envie c'est de rentrer chez moi retrouver mes parents et surtout mon lit, répondit Dorian réellement fatigué, mais aussi conscient que Mathilda souhaitait se retrouver seule.

- Je te comprends et je t'avoue que je languis de sauter dans mon lit direct en câlinant mon chat, lui rétorqua-t-elle.

Arrivés au pied de son immeuble, les trois compères lui prêtèrent main forte pour sortir ses affaires du coffre du taxi avant qu'ils disparaissent dans le flux intense de la circulation, la laissant seule pour la première fois depuis près de deux semaines. A peine avait-elle introduit la clef dans la serrure et entrebâillé la porte, que son chat sauta du lit pour l'accueillir, la chatte Chipie ayant reconnu le cliquetis caractéristique du trousseau de sa maîtresse.

L'authentification

Transamerica Pyramid San Francisco
Californie - USA

A son retour bien mélancolique de l'aéroport, Aaron s'empressa de retourner à sa boutique pour consulter ses nombreux messages habituels. Plus particulièrement celui d'un mystérieux cœur-a-prendre. Il communiquait avec lui régulièrement mais brièvement avec un langage soutenu. Intéressé par la dernière publication de mise en vente d'une œuvre qui affolait les nombreux demandeurs, cet inconnu avait de nombreux contacts par le monde et était prêt à envoyer un intermédiaire pour venir la récupérer à

San Francisco. Dès qu'Aaron accepta l'offre, par le futur acheteur fixa le rendez-vous dans un cabinet d'avocat de haute renommée dans le quartier d'affaire du centre-ville Financial District. Cette rencontre permettrait d'authentifier la toile et de valider le virement financier.

Aaron prit dans son armoire, cachée dans le recoin de ses pots de peinture, une arme de poing. Un Beretta 92S noir avec son chargeur de quinze balles qu'il aimait prendre dans ce genre de transaction pour se rassurer. Il le dissimula dans l'arrière de son jeans et glissa son ordinateur portable dans une valise noire contenant déjà une fine planche en bois recouvert de papier de protection.

Cette fois, il laissa son Van pour prendre son 4x4 noir garé discrètement dans le garage souterrain loué par son ami restaurateur. Le même utilisé pour se rendre au rendez-vous de ses anciens et défunts coéquipiers car Aaron est, du moins était, leur chef.

Il parcourut la 17 Street en direction du gigantesque stade de basket Chase center et fit une halte sur le parking longeant le sentier, le Bay Trail. Il sortit discrètement de son coffre sa batte de Baseball avec un chiffon fraîchement imprégné de détergent de peinture pour enlever d'éventuelles traces d'empreintes digitales et quelques morceaux de chairs humaines incrustées sur le bois. Suite au nettoyage, il la camoufla dans un vieux pull afin d'approcher du bord de l'eau pour le jeter dans la baie de San Francisco face au quai de chargement de l'entrepôt American Red Cross. Une fois la tâche exécutée, il reprit la route sereinement en direction de Financial District pour honorer son rendez-vous sur Mission Street.

Le cabinet se situait dans une immense tour, la Salesforce tower, l'une des plus grandes tours d'Amérique. En franchissant les portes automatiques, il traversa le hall pour se rendre à l'accueil. Deux charmantes hôtesses arborant sur leur poitrine le badge de la tour Salesforce avec leurs prénoms, « Johanna et Vladine » l'attendaient. Dès son arrivée, il fut pris en charge par la première demoiselle qui sans même lui demander son identité l'accompagna dans un des trente-six ascenseurs pour se rendre au dernier étage. Elle passa son badge et appuya sur la touche 61, certainement un accès particulier pour monter au dernier étage. Aaron ne pouvait que l'observer pendant ce voyage direct dans le ciel, sans arrêt. Elle était charmante avec sa jupe et son blazer bleu et très agréable avec notre peintre. Son timbre de voix apaisait notre vendeur d'art, quelque peu tendu par cette future transaction.

- Monsieur Mauran vous attend avec impatience monsieur Carrell.

- Vous connaissez mon nom ?

- Chut. Posant son doigt sur ses lèvres, elle ne répondit pas jusqu'à l'ouverture de la porte.

- Veuillez me suivre Monsieur Carrell.

Elle passa devant lui avec un élégant déhanché pour ouvrir les deux grandes portes du bureau.

- Monsieur Mauran, votre rendez-vous.
- Merci Johanna. Enchanté de vous rencontrer Monsieur Carrell. Veuillez-vous asseoir.
- Bonjour Monsieur, je suis surpris que vous connaissiez mon nom.
- Vous savez mes clients sont très influents dans le milieu de l'art et n'ont aucun secret. Ils sont quelque peu méfiants donc il est normal que pour ce genre de transaction ils se renseignent sur leur interlocuteur.
- Je comprends mais il ne me semblait pas leur avoir donné le moindre indice de mon identité.
- On dira qu'ils ont une grande capacité de recherche.
- A part faire partie du FBI, je ne vois pas comment ils auraient fait. Je préfère en rester là. Je ne veux pas de problème avec la justice, dit-il en se dirigeant vers la sortie.
- Attendez, vous vous méprenez. Mes clients ne sont ni du FBI, CIA ou même KGB. Revenez vous asseoir Monsieur Carrell, dit-il avec insistance.

Aaron reprit sa place sur le fauteuil en cuir pendant que son hôte lui proposa un verre de Whisky pour détendre l'atmosphère. Cet avocat était mandaté par une fondation européenne secrète qui recherchait dans le monde les trésors sur les mystères du christ. Ils disposaient d'énormes moyens financiers.

Dans le fond de la pièce un homme très discret, voire invisible, regardait au travers de la grande baie vitrée le pont Bay Bridge. Il semblait être hors des lieux, attendant le moment propice pour intervenir. Vêtu d'un costume noir et d'une chemise blanche, il ne lui manquait plus que les lunettes noires pour ressembler aux agents des Men in Black. Serait-il à la recherche d'ovni ? Léonard de Vinci serait tellement hors norme qu'il viendrait d'ailleurs ?

- Excusez-moi de vous interrompre messieurs mais pouvons-nous accélérer cette transaction, dit-il en avançant vers Aaron.

- Nous n'avons pas été présentés. Monsieur ? répondit-il en lui tendant la main.

- Ne cherchez pas mon nom, il n'a pas d'importance pour aujourd'hui, lui répondit-il tout en gardant sa main dans la poche sans répondre à son geste.

Aaron ouvrit la valise en sortant une planche de bois recouverte de protection en tissus. L'homme en noir se précipita sur l'œuvre en sortant de sa mallette de nombreux outils de précisions comme une loupe, des pinceaux, des tubes de poudre, des scalpels dignes de la parfaite panoplie des experts scientifiques.

Il scruta minutieusement la toile de Léonard de Vinci, la fameuse toile Salvador Mundi avec émotion et professionnalisme. Il resta longtemps sur le doigt du christ de la main droite pour ensuite bloquer sa loupe sur le globe de la main gauche. Il releva la tête en direction de l'avocat pour lui dire :

- C'est bon je confirme, elle est authentique. Vous pouvez payer notre cher invité.

L'avocat ouvrit immédiatement son ordinateur portable pour brancher sa clef USB cryptée afin d'effectuer le fameux virement. Aaron en fit de même avec son pc portable.

- Je valide le paiement de cinquante millions de Dollars, monsieur Carrell.
- C'est bon, je le vois.
- Bien sûr je compte votre entière discrétion.
- Vous pouvez compter moi, dit-il en repliant son portable rapidement pour écourter ce rendez-vous.

En cinq minutes et quelques clics, Aaron venait d'être un homme riche, voire très riche.

Pendant que l'avocat raccompagnait le nouveau millionnaire, l'expert sortit le scalpel de sa mallette pour gratter la peinture dans la zone de la sphère tenue par le christ. De nombreux écrits trouvaient anormal la représentation de cette sphère compte tenu de l'importance que Léonard de Vinci accordait aux sciences et plus particulièrement à l'optique. La négligence sur le dessin trop simpliste lança de nombreux doutes sur son authentification auprès des plus grands analystes. Mais d'autres ont vu sous cette erreur un message caché de l'artiste comme ils avaient l'habitude d'en découvrir dans ses œuvres. Comme sur le tableau « La Cène » avec la position du christ et des personnages formant un « M » pour Marie-Madeleine. La peinture enlevée, devant les yeux ébahis de Monsieur Mauran revenu pour assister au résultat de tant d'années de recherches et d'enquêtes, des lettres apparaissaient gravées sur le bois de la toile. Une écriture inversée, encore une particularité du maître de l'intrigue Monsieur Vinci. Ce message tant convoité par d'innombrables fidèles.

Tour Eiffel – Paris - France

Retour à la réalité

A Paris, les jours et les semaines s'écoulèrent avec une certaine monotonie. Les souvenirs s'estompaient au fil du temps, mais il arrivait régulièrement à Mathilda de songer aux divers et époustouflants paysages visités, aux anecdotes vécues parfois truculentes, parfois oppressantes. Dans son bureau, elle jetait fréquemment un coup d'œil sur les nombreuses photos qu'elle avait pris soin de classer par jour et par thème. L'une d'entre elles avait été prise au restaurant du fameux Titi de Chinatown, laissant deviner au fond de l'établissement, assis sur une chaise derrière Mathilda, la présence d'Aaron à peine reconnaissable, car mal cadré et un peu flou. Elle devait s'en contenter, faute de mieux. Ses collègues Fabienne et Agatha, décelant sa fragilité dans ces moments-là où la mélancolie la submergeait, essayaient tant bien que mal de lui remonter le moral en la distrayant comme elles pouvaient. Elles faisaient preuve de persévérance et de persuasion pour la faire sortir de son bureau et de sa torpeur, notamment au cours de la pause méridienne.

Un jour, alors qu'elles déjeunaient toutes les trois chez Mario, elles constatèrent l'effet thérapeutique

que produisait la bonne humeur du patron de bistrot. Son comportement enjoué, son humour subtil, parfois caustique, mais finalement bienveillant, permettait à Mathilda de retrouver son sourire et de chasser sa morosité le temps d'un repas.

- Alors mes belles ragazze, une demi pizza quatre fromages et une salade ? demanda-t-il en s'adressant à Mathilda

- Oui Mario, dit-elle avec une voix à demi éteinte.

- Ouh là là, Mathilda. Tu as une petite mine. Tu vas voir ma pizza va te faire repartir instantanément à Little Italie. Lorsque tu croqueras la première bouchée, tu vas te sentir flotter et même voler sous le pont du Golden Gate.

- Tu es déjà allé à San Francisco, Mario ?

- Bien sûr ma belle, nous les siciliens, on a des cousins un peu partout. J'ai de la famille dans le quartier de Little Italie. Ils tiennent une petite boutique de spécialités italiennes. Si cela se trouve, tu as dû passer devant.

Ces quelques instants s'avérèrent précieux pour se dégager de l'encombrant poids de cette déprime qu'elle ne savait combattre.

Mario n'était pas très grand, elle le dépassait de dix centimètres à son grand bonheur. Les clients venaient essentiellement pour le voir et s'assurer de passer un bon moment.

A leur retour au cabinet, c'est une Mathilda requinquée qui fut surprise de voir Mme Foxer, sa patiente Américaine, dans la salle d'attente. Assise sur sa chaise, droite comme un I, elle était fermement arrimée à son sac lui-même posé sur ses deux genoux joints dans une parfaite symétrie.

- Bonjour Mme Foxer, cela fait plaisir de vous revoir.
- Bonjour Docteur.
- Vous aviez rendez-vous ?
- Oui, pour 14 heures normalement.
- Vraiment ? Pourtant je n'ai aucune trace de vous dans mon planning.

Néanmoins, constatant les yeux rougis de cette sexagénaire à l'imposante chevelure blonde, une femme encore plutôt jolie et attendrissante dans sa posture stoïque, elle décida de lui accorder un peu de temps en l'invitant à la suivre dans son bureau.

- Asseyez-vous Madame Foxer. Expliquez-moi votre problème.
- Je ne me sens pas bien. Pour tout vous dire je pense avoir un cancer cérébral, dit-t-elle en se frottant énergiquement la tête, comme si elle comptait ainsi broyer sa tumeur
- Vous allez vite en besogne Madame Foster ! D'où tenez-vous cela ? Avez-vous vu votre médecin traitant ?

- Oui, il m'a même fait une ordonnance. Regardez.

Mathilda observa avec circonspection le feuillet prescrivant un scanner du cerveau. Elle s'interrogea sur sa santé psychique, car en un si court laps de temps, consulter pour une suspicion d'un cancer du sein, puis du cerveau laissait Mathilda dubitative. Soit son docteur avait vraiment un doute suite à une série d'examens ou d'analyses, soit elle était face à un beau spécimen d'hypocondriaque.

- Je suis désolée Mme Foxer, notre cabinet fait uniquement des radios. Nous ne sommes pas équipés en scanner, et encore moins en IRM. Je vais devoir vous orienter chez un confrère.

- C'est tout moi, je pars tête baissée sans réfléchir. J'aurais dû me renseigner avant.

Au moment de sortir du bureau après que Mathilda lui eut remis la carte de visite d'un centre d'imagerie médicale, sa patiente se retourna et attestant que sa mémoire ne semblait nullement affectée par son énigmatique cancer, lui demanda :

- Mais au fait, votre circuit s'est bien passé ?

- Vous vous le rappelez ? Eh bien oui, c'était, comment vous dire … féérique ! J'ai vu des paysages inimaginables et fait des rencontres exceptionnelles. Malheureusement la réalité a vite repris le dessus. Mais dès que j'ai l'occasion de me libérer un peu de temps, je revis en quelque sorte ces merveilleux instants grâce aux photos et aux quelques vidéos que j'ai récupérées auprès de nombreux amis.

- Comme je vous envie d'avoir fait ce voyage. D'ailleurs dès que j'en aurai fini avec mes contrôles, je pars vite rejoindre mon fils aux Etats-Unis. Enfin, si j'ai la chance que l'on ne trouve rien dans cette foutue tête.

- Soyez rassurée Madame Foster, la médecine évolue de jour en jour. Et puis vous n'avez aucune raison de vous inquiéter à l'avance. Faites d'abord un IRM avant d'imaginer quoi que ce soit.

- Merci beaucoup, mademoiselle, vous êtes une bonne personne.

Mathilda la raccompagna jusqu'à la sortie. Etrangement, elle se sentait perturbée par cette visite, sans pouvoir se l'expliquer rationnellement. Avant de recevoir son prochain patient, elle en toucha deux mots à sa collègue Fabienne.

Fab, tu vois cette dame qui vient de partir ? Cela fait deux fois qu'elle se présente, à chaque fois pour une raison différente. Lors de la première visite, elle avait une ordonnance pour un fort soupçon de cancer du sein. Sur la radio, il n'y avait pas le moindre signe. Aujourd'hui, c'est pour une tumeur au cerveau, sans indice particulier. Surtout, j'ai un pressentiment, sa présence, ses paroles, son regard, tout chez elle confère à une drôle d'atmosphère. Il y a un je ne sais quoi de bizarre chez cette femme.

- C'est une flippée, non ? Si tu veux, la prochaine fois qu'elle se pointe, je lui montrerai les cicatrices sur mon crâne. Histoire de lui montrer ce que c'est d'avoir eu un cancer du cerveau.

- Ne m'en parle pas. Heureusement que c'est du passé pour toi. Et je ne le redirai jamais assez, tu as été bien courageuse, ma belle, au cours de ce combat.

En effet, Fabienne avait contracté ce cancer deux ans auparavant. Décelé à temps grâce à Mathilda, qui s'inquiétant des tremblements de bras de sa consœur, lui demanda de passer instamment un scanner. Elle avait rencontré un cas similaire lors d'un de ses stages à l'hôpital de Grenoble, et se souvenant du diagnostic posé, les symptômes de Fabienne l'alertèrent de suite.

Cette évocation les replongea l'une et l'autre au cœur de cette sombre période. Après avoir pris connaissance des funestes résultats du scanner, Fabienne n'avait pu que contacter ses plus proches amis pour leur faire part de son désarroi, réclamant leur soutien et une petite pensée pour elle en ce jour de Noël, date de l'intervention destinée à éradiquer la tumeur. Les premiers diagnostics étaient pessimistes, un stade avancé de la maladie, un Glioblastome multiforme présumant une espérance de survie de seulement 5 %. L'opération s'avéra pourtant être un succès, l'extraction s'étant parfaitement déroulée, en préservant les zones neuro-motrices du cerveau, mais aussi sans nul doute grâce à la volonté de Fabienne et à sa motivation à en découdre avec le crabe. Elle dut tout de même subir quelques mois de chimiothérapie par voie orale, ainsi que des séances de radiothérapie et d'autres de kiné pour retrouver l'usage de son pied droit qui avait été impacté par ses méninges altérées. Désormais seules les cicatrices dissimulées sous ses cheveux, témoignaient des dommages subis.

- Allez Fabienne, arrête d'y penser ! Concentre-toi sur la recherche d'un futur mari si tu veux un petit José et une jolie Marlène.
- Non pas José! répondit-elle, avec un clin d'œil en prime. On avait dit Johan et Marlène !

Elles plaisantaient souvent sur le sujet, formulant le rêve de rencontrer l'introuvable homme idéal, et dissertant sur la composition future de la famille, tout en ignorant superbement les inévitables galères et crises de nerfs qui, elles, sont parfaitement prévisibles. Mais ne cassons pas leurs douces utopies, et réjouissons-nous de leurs conjectures à anticiper le prénom que porterait leur progéniture respectant la parité, tout en matant depuis la terrasse de chez Mario les passants masculins, candidats à leur avenir de femme et mère. Les éventuels postulants auraient toutefois peu de chance d'être élus tellement leurs critères se révélaient exigeants.

De retour à son bureau, Mathilda alluma son ordinateur portable et ouvrit son agenda pour prendre connaissance de ses prochains rendez-vous. L'écran vira subitement au noir intégral, comme si un virus tentait de s'installer sur la machine. Elle replia immédiatement l'écran pour interrompre la session en cours de démarrage, et tenter d'éviter la propagation d'un éventuel code destructeur. Elle ne put s'empêcher de pousser un cri qui alerta ses collègues.

- Tu as un souci ? s'affola Fabienne.
- J'ai un virus, je crois. Regarde mon écran.
- Il y a un message.

En effet, un texte en caractère blanc sur fond noir indiquait : Pour garder le contact clique ! Un ami de SF.

- C'est lui !! tonna Mathilda
- Eh bien vas-y, clique ! renchérit Fabienne toute excitée.

Ce que fit Mathilda avec fébrilité. Aussitôt, le disque dur grésilla, signe qu'un logiciel s'installait, jusqu'à ce qu'un menu s'ouvrit comme sur un navigateur Internet. Mais au lieu de poursuivre la séquence en cours, Mathilda referma hâtivement son ordinateur portable.

- Mais ? Quoi ? Que crains-tu ? Vas-y ouvre-le !
- Non, finalement, je préfère éviter. Je verrai ça ce soir tranquillement à la maison à tête reposée,

après m'être renseignée auprès d'un ami pour vérifier tout ça. Imagine qu'il s'agisse d'un virus. Ici nous sommes en réseau, le cabinet risquerait d'être infecté. Pour l'instant la priorité c'est de nous occuper des patients qui viennent d'arriver.

****

Le soir venu, profitant d'un moment de détente en compagnie de son chat, elle s'installa confortablement au creux de son canapé en velours gris anthracite. Elle se perdit dans ses réflexions, en repensant à sa patiente, la mystérieuse Mme Foster. Elle avait une intuition, et ne pouvait s'empêcher d'établir un lien entre ce rendez-vous improvisé sous un prétexte certainement fallacieux, et le message troublant venu d'on ne sait où qui s'était imposé sur son écran. Elle prit l'initiative d'appeler son amie Victoria, une férue d'informatique, qui exerçait pour le compte d'une société d'hébergement.

- Salut Victoria, excuse-moi si je te dérange, de surcroît si tardivement, mais j'ai besoin de ton aide.
- Si tu m'appelles à 23 heures avec une telle voix, c'est que tu as attrapé un virus, toi. Je me trompe ?

- Oui, en quelque sorte. Mais surtout, j'ai le sentiment qu'une personne est venue au cabinet dans l'intention d'installer un logiciel espion.
- Qu'est qui te fait dire cela ?
- Ce n'est qu'un doute mais il y a de grande chance que cette personne ait profité d'un moment d'inattention pour se servir de mon portable. Après son départ, j'ai comme par hasard un message qui s'est affiché sur l'écran m'invitant à communiquer avec moi. D'autant plus qu'on dirait qu'il provient de mon amoureux à San Francisco…

Victoria se connecta immédiatement pour accéder au poste de travail de l'ordinateur de Mathilda grâce à un logiciel de prise de main à distance qu'elle utilisait dans son entreprise. Les deux femmes s'étaient rencontrées il y a une dizaine d'années au cours d'un job d'été dans le domaine de l'événementiel. Victoria occupait alors un poste d'hôtesse d'accueil, puis elle avait par la suite évolué dans ce secteur en gérant de nombreuses organisations de soirées, de salons, ou encore de foires. Dans cette profession, où le relationnel était primordial, elle avait su mettre à profit ses atouts physiques, étant dotée d'une ligne élancée et d'un sourire ravageur encadré par un visage délicat aux yeux de biches et à la chevelure brune style bohème qui descendait par vagues le long de ses épaules. Mais lassée des contrats à répétition qui la privaient de stabilité financière, elle se réorienta dans la gestion de la relation des clients d'une entreprise informatique internationale.

- Non, ce n'est pas un virus, c'est un accès direct sur une adresse internet, diagnostiqua-t-elle en quelques secondes.

- Ce n'est qu'une sorte de raccourci vers une application qui tourne en arrière-plan. Si tu veux mon avis, ma vieille, tu viens d'accéder au Darknet !

Musée du Louvre – Paris - France

Bye Bye Paris

Un matin d'automne, au palais de justice de Paris, base arrière de l'Office Central de Lutte contre le Trafic de Biens Culturels, l'inspecteur Duval rangeait son bureau en attendant d'auditionner un témoin. Il préparait minutieusement ce rendez-vous depuis plusieurs jours en triant ses pochettes de couleurs, classées par date et par références de précédentes dépositions.

A 10 heures, l'accueil l'avertit que son rendez-vous venait de se présenter. Il s'empressa d'ordonner à ce qu'un des factotums de service, vienne accompagner cette personne jusqu'à lui.

- Mme Belove Mathilda ? la questionna-t-il, à peine fut-elle introduite dans son bureau
- Oui c'est bien moi
- Je vous en prie, veuillez-vous asseoir. Mathilda hésita, puis finit par s'exécuter, tant l'inspecteur semblait insister du regard
- Pouvez-vous me dire pourquoi je suis là ? s'enquit-elle, s'affranchissant de toute formule de politesse

- Bonjour, je me présente : je suis l'inspecteur Duval. Je m'occupe en particulier des affaires concernant les trafics d'œuvres d'art. Si je vous ai convoquée, c'est pour vous entretenir d'une toile de grande valeur disparue il y a quelques mois lors d'une exposition au musée du Louvre.
- Une peinture au Louvre ?
- Oui, et même une œuvre inestimable, de Léonard de Vinci lui-même
- Mais… ? Vous devez faire erreur sur la personne. Je ne connais rien au domaine de l'art, mon activité professionnelle je l'exerce en tant que radiologue. Et je radiographie des humains, pas des toiles !
- Je sais tout ça. Je voudrais juste savoir si vous reconnaissez certaines personnes qui ont croisé votre chemin, dit-il en saisissant une pochette en haut de la pile de ses chemises cartonnées. J'ai une série de photos à vous montrer. J'ai besoin de votre collaboration pour m'aider à faire avancer mon enquête, continua-t-il en brassant ses clichés comme des cartes à jouer. Rassurez-vous, vous n'êtes en rien suspectée, précisa-t-il en fixant Mathilda droit dans les yeux d'un regard narquois
- Je ne pense pas pouvoir vous aider mais pourquoi pas. Faites toujours voir.

L'inspecteur préleva la plus grande photo de la série et la posa face à Mathilda, révélant le portait d'une femme blonde d'une soixantaine d'années. Mathilda, interloquée, la reconnut sans ambages, mais elle restait sans voix, tétanisée.

- Cette femme est venue par deux fois dans votre cabinet, commenta l'inspecteur pour dévoiler ce qu'il savait et ne laisser aucun doute sur les éléments de l'enquête déjà en leur possession. Une fois en juillet, la seconde fin août. Et nous nous sommes renseignés en consultant son dossier de santé. Nous n'avons trouvé aucune trace du moindre symptôme ou d'une quelconque maladie, sauf une fausse ordonnance délivrée par un certain docteur Fiores. Vous ne vous en souvenez pas ?

- Si, si, bien sûr je la connais, c'est Mme Foster finit-elle par dire le teint pâle. C'est une patiente qui m'a effectivement parut bizarre. La première fois elle suspectait un cancer du sein, et dernièrement elle semblait persuadée d'avoir une tumeur au cerveau. Je l'ai ailleurs orientée vers un confrère car on ne pratique pas de scanner à notre cabinet. Et je vous confirme qu'elle était bien en possession d'une ordonnance. Je ne suis pas certaine, mais oui je crois reconnaître l'écriture de ce docteur Fiores.

- Bien, dit-il l'air satisfait Nous avons interrogé l'ordre des médecins. Or, le seul docteur Fiores qu'ils ont trouvé dans leurs fichiers, exerçait en deux mille dans une petite commune de l'Isère. Fontaine précisément.

- Fontaine ? Mais… je connais cette ville, dans la banlieue grenobloise, c'est où habitent mes grands-parents maternels et paternels. Cela ne m'a pas sauté aux yeux sur le coup. Je n'avais pas vu l'adresse.

- Je le sais bien. Et c'est justement pour cela que je tenais à vous rencontrer. Voyez-vous, nombre d'indices de ce genre nous ramènent vers vous, comme si un stratagème nous conduisait à explorer une piste, peut-être au détriment d'une autre. Nous avons cependant un doute sur cette personne. Il n'est pas impossible qu'elle soit un maillon stratégique, voire même à la tête d'un trafic international entre la France et les Etats Unis.

- Vous pensez que je suis en danger ?

- Non, je ne le crois pas. Si vous ignorez tout de cette histoire, vous ne risquez rien, dit-il, d'un air équivoque, laissant Mathilda dans le doute. Allez détendez-vous, enchaîna-t-il en se voulant apaisant. Voulez-vous un café ?

- Euh, oui volontiers.

Il inséra une dosette de café dans sa machine instantanée. Pendant que la tasse se remplissait dans un gargouillement de siphon, Mathilda observait l'inspecteur du coin de l'œil. Il portait un jean bleu délavé avec des bottines de cuir marron. En constatant les plis de sa chemise blanche, qui visiblement n'était pas repassée dans les règles de l'art, elle en déduisit qu'il était l'archétype du célibataire endurci. L'inspecteur la détourna de ses spéculations, lorsqu'il reprit la parole sur un ton presque anodin.

- J'ai d'autres documents à vous montrer. Et il plaqua une nouvelle photo sur le bord du bureau comme s'il sortait sa carte maîtresse

Mathilda faillit s'étrangler et recracher le café qu'elle venait de porter à ses lèvres en découvrant la cliché. Il n'y avait aucun doute, il s'agissait des deux voleurs de valises qu'on distinguait assis dans leur voiture avec Mme Foster, juste devant le domicile de Mathilda.

- Mais je les connais ces deux-là ! s'exclama-t-elle avec effroi. Ils ont tenté de me voler ma valise à l'aéroport de Los Angeles lors de mon voyage en Amérique. Pourquoi sont-ils devant chez moi ? Ils savent où j'habite ? Et vous me dites que je ne risque rien pour ma vie ? dit-elle en s'empourprant

- Calmez-vous, chère madame, et regardez les autres photos, dit-il, en alignant toutes celles qu'il n'avait pas encore soumises à son examen. Nous avons recoupé toutes nos informations avec celles des autorités américaines qui ont vu ces individus à plusieurs reprises près de vos lieux de séjour. Et figurez-vous que sur une vidéo provenant d'une caméra de surveillance positionnée dans une rue parallèle au musée du Louvre, on les aperçoit le soir même du plus rocambolesque vol d'une toile de plusieurs millions d'Euros. Comprenez que ces deux personnages suscitent un tant soit peu mon intérêt.

- D'après votre photo, ils étaient tous les trois près de chez moi ? Dans quel but ?

- Il n'est pas impossible, chère madame, lui répondit-il doctement, qu'ils se soient introduits chez vous dans l'intention de dissimuler dans votre valise la précieuse toile dérobée la veille au Louvre. Ils comptaient passer les contrôles de douane incognito et sans entrave. Après avoir retiré le cadre ils ont pu la cacher dans la doublure d'une de vos valises en guise de planche de renfort. Vous auriez servi de mule. Du moins c'est une hypothèse, disons… plausible

- Mais pourquoi moi ?

- Cette madame Foster n'était pas informée que vous partiez en voyage ? Elle a pu avoir vos coordonnées grâce à un contact dans l'agence de voyage, et il lui suffisait après cela de vous cuisiner un peu au cours de son premier rendez-vous.

- Oui, lors de sa visite, nous avons parlé longuement de mon circuit. Je le lui ai même détaillé, étape par étape, tellement elle avait l'air de m'envier. Comment aurais-je pu me douter de ses véritables intentions ?

- L'inspecteur pointa du doigt le reste des photos auxquelles Mathilda n'avait pas encore accordé d'attention : on distinguait sur chacune d'elles les deux larrons, à l'aéroport de Paris, à Los Angeles, à proximité du car sur le parking du grand Canyon. Mathilda, en les scrutant, réalisa le danger qu'elle avait encouru face à la persévérance de ces deux espions. A son tour, elle extirpa son téléphone portable de sa poche, et après quelques balayages de l'écran, elle retrouva la photo enregistrée dans le désert, qu'elle avait failli supprimer suite au conseil de son amoureux. Elle désigna deux silhouettes devenues familières

- Regardez, j'avais bien eu à faire à ces deux personnes à plusieurs reprises. D'ailleurs ils ont réussi à pénétrer dans ma chambre pendant notre séjour à l'hôtel d'Oakland pour en découper le fond de ma valise. C'est donc bien cela qu'ils cherchaient ? Ils avaient d'ailleurs tenté de réitérer leurs méfaits, mais nous craignions d'alerter les autorités, en voulant éviter toute complication. D'autant qu'ils ne m'ont rien volé personnellement

Sans émettre le moindre commentaire, l'inspecteur s'empara d'une chemise bleue, et après avoir retiré un trombone, il brandit sous les yeux effarés de la jeune femme une nouvelle photo, montrant deux corps ensanglantés enfournés dans un container de poubelles.

- Vous auriez dû, voyez-vous. Car entre temps, on s'est occupé d'eux. Certainement pour les faire taire, chère madame.

De stupeur, Mathilda se projeta en arrière avec sa chaise, au risque de basculer et de se rompre les os. Impassible, l'inspecteur continuait à effeuiller ses pochettes

- Nous avons deux nouvelles personnes à vous montrer. A moins que ce ne soit la même.

Il fit glisser d'une chemise rouge cette fois, la photo provenant d'une vidéo de surveillance où l'on distinguait, bien qu'un peu flou, un 4x4 noir stationné dans une ruelle en contrebas du Golden Gate. Sur une seconde photo, bien plus nette, on reconnaissait le véhicule, en tout cas le même modèle, dans une autre rue.

- Vous voyez ce SUV, s'expliqua le fonctionnaire, nous l'avons vu dans plusieurs lieux de San Francisco toujours localisé au même endroit et au même moment que nos deux lascars désarticulés. Nous n'arrivons pas à distinguer le visage de ce monsieur, mais il ne fait aucun doute d'après les enregistrements téléphoniques du FBI, qu'il s'agit de leur boss. Et qu'ils avaient bien rendez-vous sous le parking du Golden Gate.

Sur une autre photo sortie de la même pochette, que l'inspecteur continuait de disposer sur le vernis immaculé de son bureau, apparaissait la boutique de peinture d'Aaron. Mathilda la reconnaissant écarquilla les yeux, comme hypnotisée

- J'ai le sentiment que ces photos vous interpellent. L'homme au 4x4, ça vous parle ? Il ne vous est pas inconnu, n'est-ce pas ? Que savez-vous de lui ? questionna l'inspecteur en élevant la voix et en s'approchant, l'air presque menaçant, à quelques centimètres du visage de Mathilda.

- J'ai eu une relation amoureuse de deux jours avec lui, bredouilla-t-elle. Nous nous sommes rencontrés tout à fait par hasard dans un restaurant. Nous avons sympathisé puis le lendemain, il s'est proposé pour me faire visiter quelques quartiers de San Francisco depuis sa boutique du quartier de Castro. Mais vous pensez sérieusement que cet homme si affable puisse avoir un rapport avec cette histoire ? Et ces assassinats sordides ? Je n'y crois pas une seconde !

- Nous pensons en effet, que c'est bien l'homme au 4x4 noir. Le FBI le surveille depuis plusieurs années concernant des trafics d'œuvres internationaux. Il a des contacts dans le monde entier avec les plus grands vendeurs de toiles. Etrange coïncidence avec le vol du Vinci, non ? Nos limiers ont énormément de mal à le suivre car il ne communique que par le biais de sites sécurisés, effectuant des transactions virtuelles en Bitcoin, visiblement via le Darknet. Nous avons quelques soupçons sur une appartenance à une secte secrète en quête de recherche du saint-graal. Les seules images de lui que nous avons réussi à obtenir, c'est lors de vos promenades en amoureux. Regardez !

Il tira trois nouvelles photos d'un ultime dossier au titre illisible depuis la place de Mathilda, mais souligné deux fois en rouge. Sur le premier tirage on apercevait notre radiologue dans le quartier de Castro qui sortait de la boutique d'Aaron, une seconde où elle mordait à pleines dents un hotdog dans la rue des fresques, et une dernière en compagnie de son peintre et galeriste préféré, sur laquelle son visage s'illuminait d'un sourire radieux, au cours de leur périple au point sommital de la ville, devant la Coit Tower. Mathilda fut impressionnée d'avoir été suivie de si près, sans s'apercevoir de rien. Elle s'est soudain sentie solidaire de toutes ces célébrités traquées par des paparazzis, vivant dans la crainte de découvrir des clichés volés à la Une des journaux.

- Avez-vous eu des nouvelles de lui ? A-t-il essayé de rentrer en contact avec vous depuis votre retour ? interrogea l'inspecteur en fronçant ses sourcils broussailleux

- Non, pas du tout. J'ai préféré mettre un terme à cet épisode avant de prendre l'avion pour éviter de poursuivre une relation qui ne mènerait à rien. Cependant vous devez faire erreur sur la concordance des lieux avec cet homme prévenant et inoffensif. Ce n'est pas crédible d'établir un lien entre lui et ces gangsters massacrés.

- Au contraire Mme Belove, au contraire. Votre patiente, vous savez votre malade imaginaire, Mme Foster…

- Oui, eh bien quel rapport avec ce peintre de San Francisco ??

- C'est sa mère.

- Sa… mère ? Dites-moi que c'est un canular…

- Je ne suis pas vraiment d'humeur à ce genre de facéties

Sous le choc, elle se leva de sa chaise et la contourna pour effectuer quelques pas dans le bureau de l'inspecteur. Ce qu'elle venait d'apprendre était tout bonnement inimaginable. Elle repensa cependant à ce message sur son ordinateur affiché depuis le Darknet. Elle n'arrivait plus à contenir sa colère, en réalisant qu'elle avait été manipulée de bout en bout, devenue le jouet de tous ces intrigants, Aaron en premier. Elle se sentait bernée de toute part, salie, trahie. Même son idylle n'était que factice, un faire-valoir pour de sombres desseins, avec deux meurtres à la clef. C'était trop d'un coup pour Mathilda, elle fondit soudain en larmes, complétement ravagée intérieurement, n'ayant plus la force de se contenir.

- Voulez-vous un mouchoir ? proposa l'inspecteur embarrassé. Il semblait à son tour désemparé par la tournure de cette affaire et sincèrement en empathie avec cette femme brutalisée par les forces obscures.

- Oui, je veux bien. Merci réussit-elle à dire entre deux sanglots. Ce ne sont pas des larmes de chagrin pour ce salopard, mais de colère pour m'être fait rouler dans la farine à ce point !

- N'ayez rien à vous reprocher, madame. Ils ont minutieusement monté ce stratagème, construit ce piège pendant plusieurs jours. Rassurez-vous, nous sommes sur leur piste, et en ce qui vous concerne il y a de fortes chances que vous ne croisiez plus jamais leur chemin, maintenant qu'ils sont arrivés à leurs fins. A l'heure qu'il est, la toile est très probablement chez un riche milliardaire russe ou aux Emirats. Mais compte-tenu de la traque dont elle fera l'objet, je pressens fortement qu'elle réapparaîtra dans quelques années sur le marché clandestin. Et croyez-moi, je serai là, dit-il d'un air bravache, en tapotant à plusieurs reprises le plateau du bureau avec son index.

Il enchaîna sans laisser le temps à Mathilda de se reprendre

- Quant à vous, je ne vais pas vous retenir plus longtemps. Pour tout vous dire, je pensais que vous pourriez m'apporter des informations notamment sur cet individu que vous avez fréquenté. Mais je constate que vous avez juste joué le rôle de mule en transportant la toile de Vinci, à votre insu. Et vous êtes tombée dans les griffes de ce grand voyou, un séducteur comme beaucoup de ces escrocs de haut vol. J'en suis désolé pour vous et compatis à votre accablement. L'enquête n'est pas close pour autant et si besoin, je me permettrai de vous joindre à votre cabinet.

- Oui, si vous voulez, mais pas prochainement. Je ne suis pas sûre d'être joignable au cours des quelques semaines à venir. Avec toutes vos révélations, je n'ai pas le cœur à l'ouvrage. Je crois que je vais me ressourcer quelques jours auprès de ma famille en Isère.

- Oui, j'ai vu que vos parents résident à Moirans, je crois. C'est proche de Grenoble ?

- Oui exactement. Dites-moi pas que vous avez même enquêté sur mes proches.

- Non, je vous rassure. C'était juste au moment de la constitution de votre dossier, mais ce n'est pas là-bas que les pistes nous conduisaient. Vous pouvez repartir tranquillement. Je vous laisse néanmoins ma carte. Bien que ce soit fort improbable, si la mère ou le fils rentre en contact avec vous, vous me joignez immédiatement. A n'importe quelle heure du jour ou de la nuit, lui dit-il avec une douceur paternaliste

- Vous pouvez compter sur moi inspecteur, répondit Mathilda en reniflant.

Elle prit son sac en enfournant le mouchoir de l'inspecteur dedans, et se leva accompagnée par le policier, plus prévenant que jamais.

Une fois de retour dans son bureau, l'inspecteur convoqua ses collègues qui patientaient dans la pièce à côté, pour débriefer sur cette entrevue.

- La pauvre ne nous apprendra rien de plus. Elle a juste servi de cobaye et de convoyeuse, dans cette histoire. Naïve jusqu'au bout, l'autre guignol lui a sorti le grand jeu, et j'ai bien l'impression qu'elle était sous le charme. La désillusion est totale pour elle.

Il prit la pochette verte en inscrivant en face du nom de Mathilda : « **La mule de Vinci**. Hors de cause ».

Au terme de cette convocation, une fois dans la rue, Mathilda franchit l'imposant porche de l'Office Central, incapable de contenir ses pleurs. Le mouchoir de l'inspecteur de nouveau en main, elle essuyait ses yeux rougis à chaque foulée, complétement abattue.

Mais Mathilda avait des facultés assez stupéfiantes pour se rétablir psychiquement. Elle n'avait pas un profil de dépressive, c'était une battante qui récupérait vite et se projetait en avant, laissant les émanations du passé derrière elle. Plus elle s'éloignait de l'antre de l'inspecteur qui l'avait submergée avec ses infamantes preuves, plus elle reprenait le dessus, déjà prête à en découdre avec le destin. Peu à peu ses larmes s'évaporaient, son teint reprenait son éclat, et son visage son sourire. Sa démarche se raffermit, elle avançait d'un pas plus assuré.

Après quelques détours dans de pittoresques ruelles et passages couverts, elle accélérait le pas telle une conquérante, tout en jetant de temps en temps un coup d'œil pour s'assurer que ce foutu inspecteur ne lui avait pas collé un garde du corps à ses basques. Il lui avait assuré qu'elle ne risquait rien, pour la rassurer, mais il n'en était peut-être pas si sûr. Mais au bout de plusieurs changements de direction, elle constata qu'elle n'était visiblement pas suivie. C'est alors qu'elle extirpa du fond de son sac à main, un simple téléphone prépayé et composa un numéro sur le clavier.

- Je suis sortie, on se rejoint au point de rendez-vous comme convenu ? dit-elle sans s'embarrasser de la moindre formule de politesse.

Elle hocha la tête en écoutant la réponse, comme si elle acquiesçait, puis se dissimula sous un porche. A l'abri des regards, elle posa l'appareil à terre et le pulvérisa à coups de talon. Elle ramassa les débris avant de les jeter dans une poubelle en plastique fixée à l'ombre d'un abribus. Elle poursuivit son chemin jusqu'au croisement de deux grandes artères et bifurqua soudainement dans une ruelle à sens unique. Un imposant SUV Mercedes noir aux vitres teintées était stationné devant un immeuble haussmannien richement sculpté. Sans la moindre hésitation, Mathilda ouvrit la porte passager et s'engouffra dans le véhicule. Avec un son proche du feulement, le monstre d'acier s'ébranla en douceur.

Au volant se trouvait son ténébreux Aaron, notre peintre.

- Alors il t'a cru ? s'enquit le conducteur.

- Oui mon chéri. Il se prend pour un fin limier, mais il suffit d'une petite comédie, de quelques larmes et d'un air désemparé pour que je passe à ses yeux du statut de complice à celui de sainte. Il n'y a vu que du feu, ce nigaud avec son air suffisant. Bon, et alors maintenant ? Quelle est la suite du programme ?

- Lors d'un de mes voyages, j'ai mangé dans un restaurant où on déjeune perché à cinquante mètres d'altitude sur une sorte de grue, un peu comme dans un manège. Cela te dit ?

- Pourquoi pas. J'adore les manèges, c'est excitant en tout cas. Mais c'est où ?

- Très loin d'ici ma chérie, à Dubaï.

- Ah, ben ça alors ! Tu me surprendras toujours. Pourquoi pas.

- Et puis, il y a une profusion de musées là-bas, c'est inimaginable ! En ce moment, le Dubaï muséum propose une exposition temporaire d'exception, une très belle collection d'œuvres de Paul Gauguin. Parmi elles, se trouve une toile qui m'intéresse particulièrement, l'une des plus chères au monde. Elle s'intitule en tahitien : Nafea faa ipoipo ... ce qui se traduit par "Quand te maries-tu ?" dit-il en lui adressant un petit clin d'œil complice

Elle le fixa en fronçant ses sourcils soupçonnant ses intentions frauduleuses

- Non, non promis. C'est juste pour l'admirer…
- Oui, oui, à d'autres.
- Alors ? On y va ?
- Allez roule, chauffeur !
- "Vos désirs sont des ordres !" s'exclama-t'il tout en enclenchant la première sur sa palette de vitesse au volant et en enfonçant généreusement la pédale d'accélérateur. Comme un félin, l'imposante voiture s'élança en trombe, pour disparaître au loin emportant Mathilda et Aaron vers leur nouveau destin, certainement haut en couleurs.

Fin …..

LA MULE DE VINCI

Les Personnages du Roman

Pour trouver les personnages je me suis inspiré de mon entourage, de ma famille et des voyageurs de mon propre circuit américain. Le choix des prénoms est le résultat de nombreux votes de mes abonnés sur Facebook et sur Instagram.

Personnages principaux :

Jeune radiologue parisienne : **Mathilda Belove**
Le peintre de San Francisco **: Aaron Carrell**

Personnages secondaires :

Le chauffeur du car : **Raoul**
Le guide touristique : **Benjamin.**
La camarde de chambrée : **Rose**
3 jeunes garçons : **Axel, Ethan, Dorian**
Un jeune couple de Lyon : **Anais et Mathieu**
Les mariées de las Vegas : **Anne** et **Chloé**
Couples de Paris : **Isa et Nordine, Denis et Pascale, Marie et Fabrice**
Les marseillais : **Julia et fred, Céline et Lionel**

La secrétaire médicale : **Fabienne**
L'associé et amie : **Agatha**
La patiente américaine de 60 ans : **Mme Foxer**
L'inspecteur de l'O.C.B.C. : **Inspecteur Duval**
Les 2 voleurs : **Sergio et Rodrigo**

Et d'autres à découvrir au cours de l'aventure.....

Remerciements

LA MULE DE VINCI

Remerciements aux abonnées des réseaux sociaux

Pour écrire ce roman, j'ai développé un système de collaboration avec mes abonnés sur les réseaux sociaux, notamment Facebook et Instagram en créant la page « **Si On écrivait Ensemble** ».

Instagram

J'ai proposé pendant un an, aux 2 900 abonnés qui me suivaient sur Instagram de contribuer pour revoir certaines formulations d'extraits choisis, ou pour voter sur des suggestions de prénoms des personnages principaux du roman et même du choix de la couverture.

J'ai pu faire ainsi de superbes rencontres avec les abonnés qui m'ont souvent prodigué de judicieux conseils, voire même des propositions de texte que j'ai rajouté dans le roman. Notamment avec @laurencebrcr, Marie Ange Allou, Svetlana Pironko, Bouquinlover et bien d'autres .

facebook

Etant natif de la ville de Fontaine et habitant la ville Moirans depuis vingt ans en région grenobloise en Isère (France), j'ai pu compter sur la participation de certains de ses habitants sur ma page et aussi grâce aux groupes Facebook suivants :

- **Si tu viens de Fontaine**
- **T es de Moirans ou tu as été de Moirans si tu**
- **Tu es de Grenoble si**
- **Coratins Italiens de Grenoble, de France ou d'ailleurs**

Pour la description des lieux américains, je suis parti des notes, vidéos et photos rapportées de mon propre voyage en 2018. Toujours grâce aux réseaux sociaux, et afin de connaître leur ressenti sur chacune des régions visitées, j'ai également fait appel à quelques groupes de passionnés et de fans comme :

- **A la découverte de l'Ouest américain**
- **Fans de l'ouest Américain**
- **Roadtrips aux usa**
- **Réseau français à San Francisco**

Remerciement à mes collaborateurs

Concernant les textes,

Monsieur **Bertrand Eon-Duval** a retravaillé avec moi l'intégralité des phrases et certaines formulations. De nombreuses heures de relecture et d'écriture à passer en visio.

Monsieur **Paul Bœuf**, professeur de Français à Tullins (en Isère) s'est consacré à la relecture finale.

La maquette de couverture a été réalisée par Monsieur **Michel Maldera**. Un artiste peintre, sculpteur, et infographe dans ses heures perdues. Il a aussi inspiré le personnage de mon Aaron. Vous pouvez visiter ses œuvres sur son site :

https://michelmaldera.blogspot.com/

LA MULE DE VINCI

Remerciement à ma famille et mes amis

Je me suis inspiré pour chaque personnage de ma famille ou de mes amis, si extraordinaires, en reprennant un trait de caractère ou un souvenir partagé ensemble.

Les prénoms ne sont pas forcement les mêmes mais ils devraient facilement s'identifier comme par exemple Michel (Aaron), Laurent (Axel), Alain (Ethan) et David (Dorian) et bien d'autres qui ont été victimes du choix des abonnés.

Certains d'entres eux ne sont plus présents, j'espère qu'ils auraient été fièrs de leur personnage comme Rose, Victor, Rémy, Josette, ...

LA MULE DE VINCI

Restons en contact

Donnez-moi votre avis

Mail : sylvainbove@gmail.com

Page : Si-on-ecrivait-ensemble

Profil : sylvain_bove

Flashez moi

SYLVAIN_BOVE

Printed by Amazon Italia Logistica S.r.l.
Torrazza Piemonte (TO), Italy

35982274R00201